白夜に紡ぐ

志村ふくみ

人文書院

画家の全意志は沈黙しなければならない

画家は、自らのうちで、先人の声を

すっかりだまらせなければいけない。

忘れて、忘れて、沈黙して、完全なただになること。

そのとき、画家の感光板に、

風景全体が記述される。

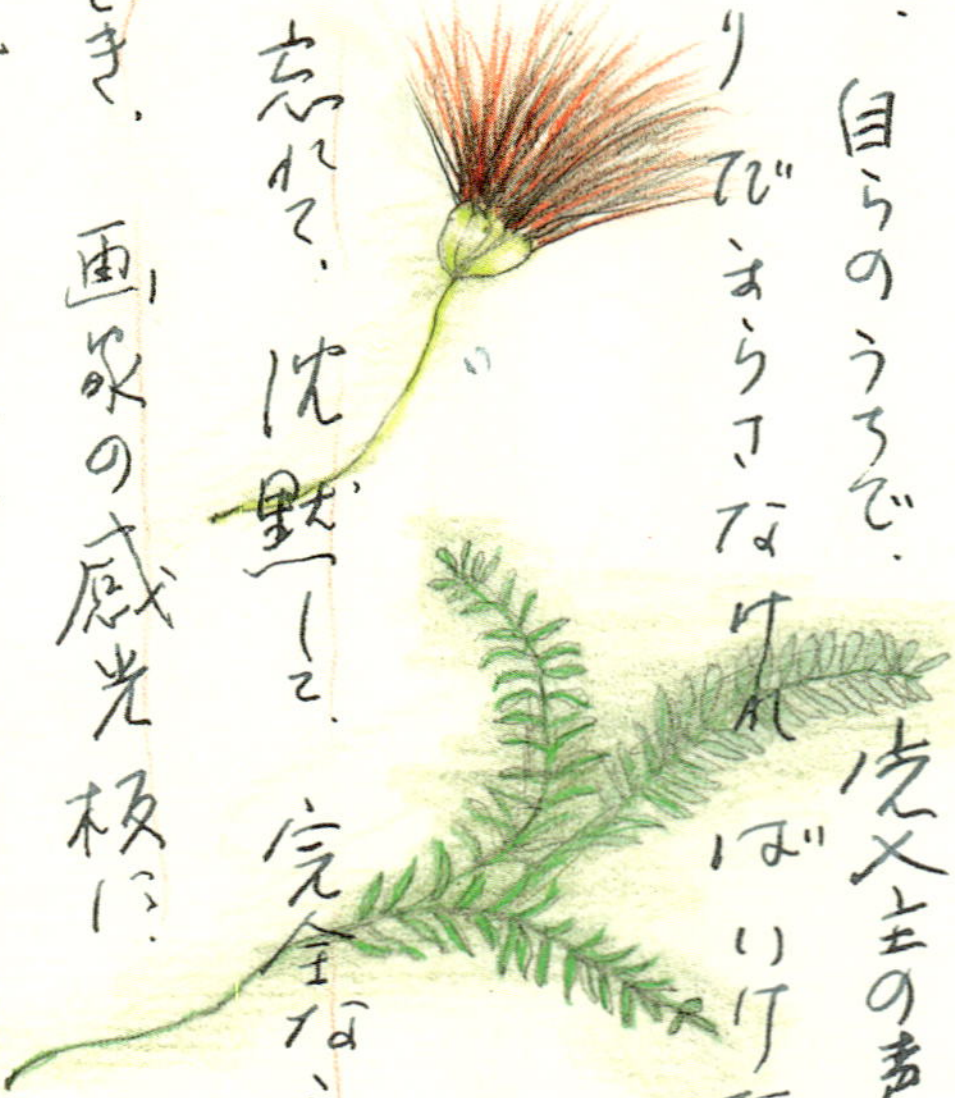

ガスケへ

7.29

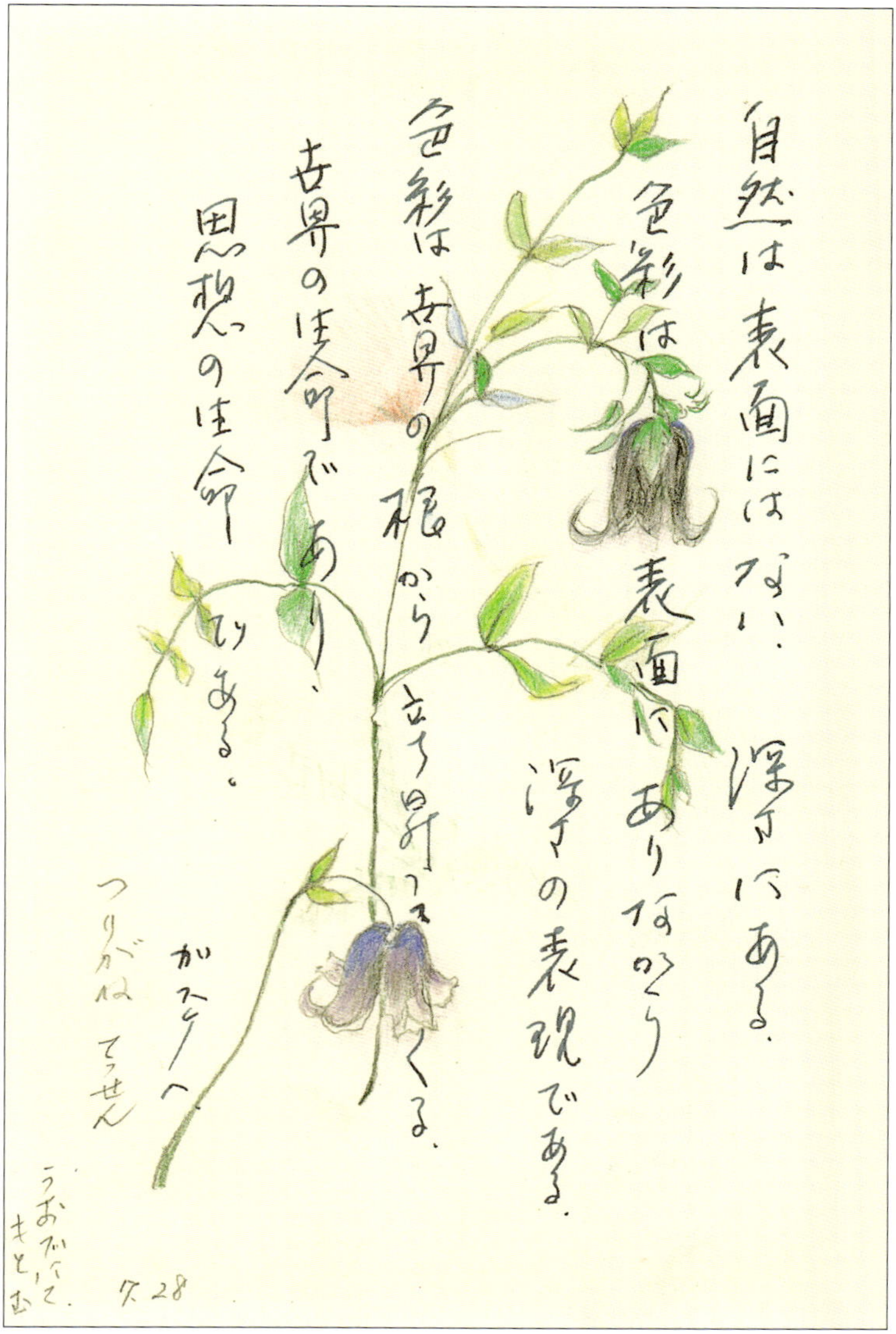
自然は表面にはない、深くにある。
色彩は表面にありながら深さの表現である。
色彩は世界の根から立ち昇ってくる。
世界の生命であり、
思想の生命である。
がスケへ
つりがね てっせん
うおだて もとむ
7.28

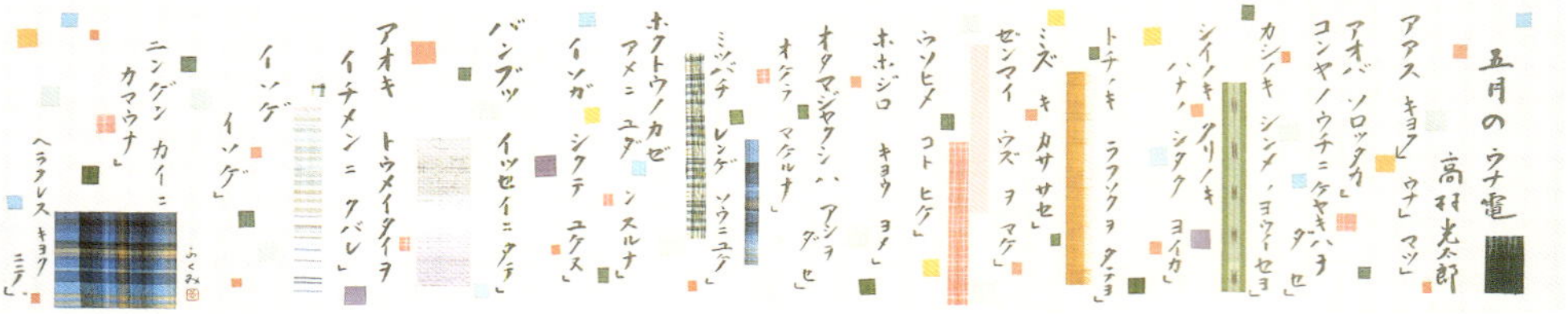

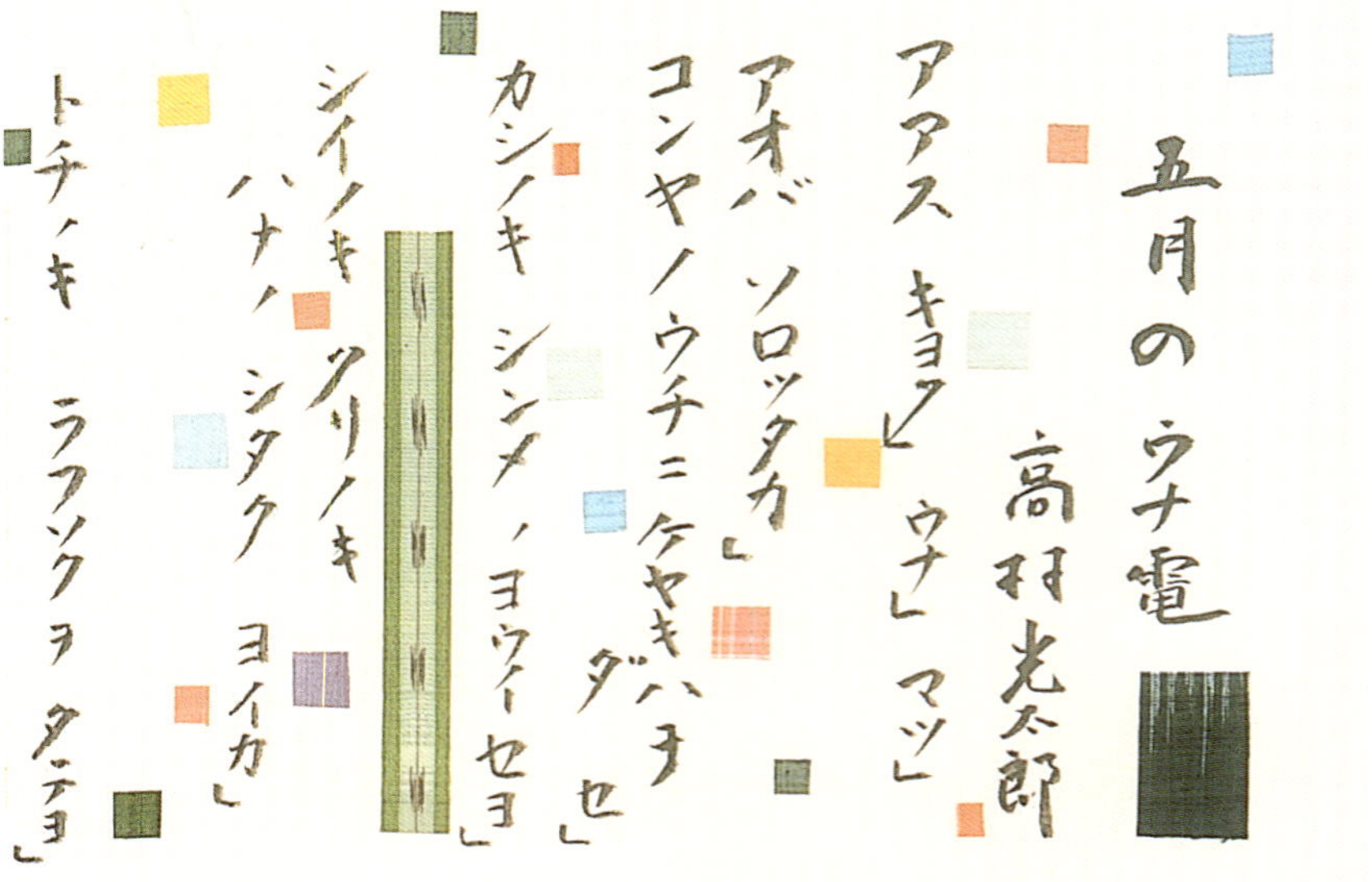

１頁　「聖夜」（志村ふくみ）

２頁〜３頁　「セザンヌの言葉」（著者の日記帳から）

４頁　「五月のウナ電」（志村ふくみ）

［「伊佐利彦　志村ふくみ二人展」福島県立美術館より。本書 200頁参照］

白夜に紡ぐ　目次

繭　文

折々の記

白夜に紡ぐ

著者自装
（カヴァー地　志村ふくみ作品より
表紙および本文中の挿図は著者による）

繭文

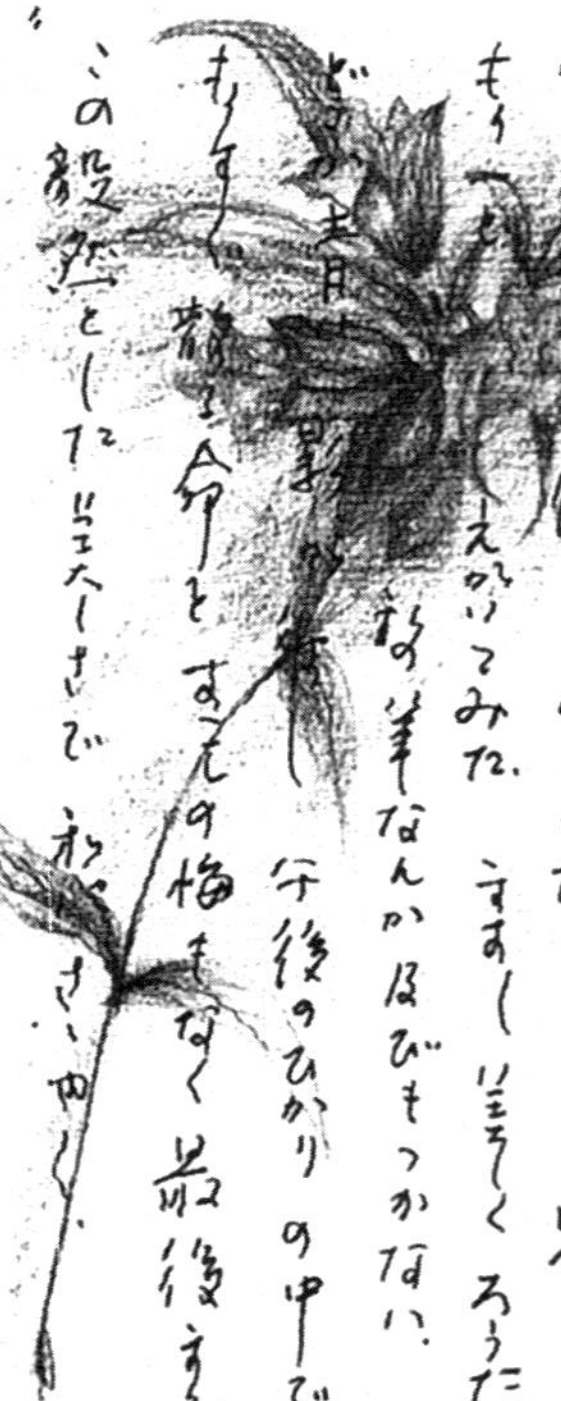

この竜胆を山かげで摘んできて十日ちかくたっている。
蕾だったのが開き 小さな花が ふくらんでいる。こんな小さな壷の中で
いつまで命を保てくれるのだろう ーと思うと いとしくて
もう一度えがいてみた。 すこし 美しく ろうたけて
私の筆なんか およびもつかない。
どこか青い影がさし 午後のひかり の中で ぼおっと 光っている。
わずかな静かな命を すこしの悔もなく 最後まで
〝この毅然とした生き方まで 私を さとし、
命は一瞬なのです。 永遠の命でもあるのです〟と

ものごころ

ひとはどこから記憶というものを持つようになるのだろう。生れおちるとからもう記憶をもつひともいると聞くが、私などおそくて、三、四歳の頃だったと思う。どこか魂の奥底でいい知れない寂しさ、ぼんやりとした恐怖をいだくようになり、孤独などとは考えもつかないままに、どこか寂しい影を背負っているような気がしていた。それはどんなに恵まれた環境であれ、ひどい境遇であれ、一人で生れ、一人で死んで行くことにかわりはないのだから、物心つくようになって、或る晩ふと自分はどうなってゆくのだろう、暗い海に舟に乗って漕ぎ出したものの、もう引き返すことはできない、このまま自分は死んでしまうのだろうか、死ぬとはどういうことかと思い出したら恐ろしくて泣き出したことがあった。

幼い日、庭の梅の木の下にむしろをしいて、たんぽぽや、ひめよもぎを小さなお皿にのせてままごとをして遊んだ。東京郊外の吉祥寺、まだその頃は見わたすかぎり武蔵野の草原だった。自分の背丈より生い茂った草の間を走りまわり、時には井の頭公園の池や林の中を探検した。

幼いものにとって怖ろしいような幻想の森だった。古い博物館があったり、草叢の中に突然急流があらわれて、そこは後に太宰治が入水した川だった。大好きな黒い犬といつも一緒だった。平凡な何ひとつ変りようのない家庭の日々、怒られたという記憶もない。

十七歳の時、それまで一人娘としておだやかに暮していた私の運命が激変した。

突然生みの両親と兄姉妹の家族のあることを知らされた。私は二歳の時、叔父のもとに養女にゆき、十七歳になるまで漠然と、近江の伯父の家が特別になつかしい存在であることは自覚していたけれどまさか生家であるとは思いもしなかった。

十六歳の時、それまで長崎で暮していたが、父が外地へ転任になり、私は女学校の関係でひとり東京にのこることになった。丁度その頃、近江の従姉と従兄が東京で勉強中だったので、私もその仲間《なかま》に入れてもらい、吉祥寺の小さな家で一緒に暮すことになった。

はじめての東京の生活、いとこ達との共同生活は実に刺激に充ちた楽しいものだった。

私はその頃、従姉と親しくなればなるほど、もしかしたら私の本当の姉ではないか、という想いにかられ、姉であってほしいという強い願いから、とうとう自分の出生について話してみた。ほんとうの姉さんではないのかと。姉は烈しく否定し、動顚してすぐ近江の両親にもうこれ以上かくしておくことはできないと伝え、年頃の娘をこんな不安な状態においておくことは危険だと、両親も判断したのか、その年の暮、私は近江にむかえられはじめて打ち明けられた。

その頃養父母は外地に暮していた。

母は、「これだけは死んでも言うまいとかたくおなかの紐をくくっていたのに、とうとうほどけてしもうた。かんにんしてや」というなり私をつよく抱きしめた。あまりに突然のことで私は呆然とするばかりだった。

その時、すぐ上の兄が病篤く、父母は今をおいて打ち明ける時はないと判断したのだろう、兄の枕辺に一家は集って涙にくれ、抱き合うばかりだった。もう一人の上の兄がチャイコフスキイの「悲愴」などをかけるものだから、一同は炬燵が燃えてもうもうと布団から煙がでるのも気づかず、夜どおし語り合った。その夜から私の運命は一変した。一挙に父母兄姉妹ができ、幼い頃から何か心を吹きすぎる寂しい風が一気に熱風になって私の心は燃えるようだった。

突然幕が切って落されたというのか、魂の中に閃光が射し入り、得体の知れない恐怖と、心を砕くような歓びが入りまじって、まどろんでいた魂が目覚めたというのはこういうことであろうか。今の世の中では信じられないことかも知れないが、その年になるまで「芸術」というものが存在することすら知らなかった。音楽や小説は多少知っていても、それが人間の生死にかかわるような暗い深淵を含んでいることに全く思い至らなかった。

養父母は転任につぐ転任のあわただしい海外生活だったせいか、そういう世界の話は一切しなかった。

幼い頃、何年に一どか、近江の家を訪れるのは何よりたのしみだった。何という慕わしい家だろうといつも思った。一家をあげて私をもてなし（みんなは実の娘だと知っていたから当り前のことだけれど）、琵琶湖への舟遊びや、京都へ文楽（人形浄瑠璃）を見に連れていってもらったり、いつも立ち去りがたい思いだった。しかしこの度はちがっていた。自分の生家だと知り、終日母や兄が私に芸術の話を熱く烈しく語るものだから、学校へゆくのも東京へ帰るのもいやになり、ただ兄の枕元ですごした。兄妹と知ってから別れるまでの日があまりに少なかったせいか、片時も離れることができなかった。高熱にうなされる苦しい状態であったにもかかわらず、私がその折、ふと納屋でみかけた機で何か織ってみたいと母にせがんで兄の枕元で生れてはじめて機を織った。

足音さえしのばせて看病する母が、なぜ私に機を枕元で織らせることを許したのかふしぎがったが、この世で縁のうすい兄妹なのでそうさせたのだろうと言っていた。

凌といいうその兄は自分の子供の中でもひとりちがっていて、いつも人のことばかり考えているお坊さんのような子だと言っていた。こんな子は長生きできないかもしれないとも言っていた。私が東京にもどる時、兄は二本の指をたてて敬礼した。「モロッコ」という映画でゲーリー・クーパーがディトリッヒと別れを告げる名シーンを演じてみせてくれたのか、あんなに寂しい美しい顔を私はみたことがなかった。

その後二ヶ月ほどして亡くなった。十九歳だった。私は自分の出生を知らされ、生涯の伴侶となる機織に出会い、兄を失った。

随縁

私が養女に行った経緯《いきさつ》については、ただ縁に随うという言葉が今の私にはしっくりする。測り知れない人と人との柵《しがらみ》や、思い入れがあったとしても、今となっては「こうなるべくしてなった」と思うのが私にとって、今は亡き恩愛ある人々に対しても何より心の安まることであった。そして私はたしかにこの道をとおしてしか織の道にたどりつけなかった。

この道は私の終生の伴侶、魂魄この世にとどまってもまだ歩みたい道だった。

この道へ私を導き入れてくれた母や、その背後に若くして亡くなった青田五良という人のことを思わずにはいられない。

大正の末から昭和のはじめにかけてこの織の道は全く暗く、誰ひとり歩んでいる人はいなかった。織物といえば西陣とか結城とか、地方の産業として存在していたものの、個人が自分の意志でこの道を選ぶということは皆無だった。絵画や工芸として学ぶ道はあったとしても、それとは全く発想を異にしている民芸、その言葉すら無い時代に、はじめて柳宗悦が名もなき人々の伝える平常の雑器や普段着の中から、並々ならぬ美を発見し、それを『美の法門』『無有好醜の願』などの著書の中で語っている。民衆の中に生きる技と、仏法の宏大な網の中でくりひろげられる教えを、民の芸としてはじめて世に問うたのが民芸運動である。

青田は生来、裂とか織に非常に興味をもち、中学の絵の教師をしながら、古い布や織物をする老婆などをたずね歩いていたのだが、偶々柳宗悦を知り、その思想にふれて深い共感をおぼえて、この運動のさきがけとなる「上賀茂民芸協団」に入って、一からこつこつと糸を紬ぎ、染め、織ることをはじめたのである。師匠といえば、丹波の古い布団《ふとん》布であるとか、ぼろ織、裂《さき》織という誰もかえりみることのない貧しい人々の切迫した生活の中から生れた織物である。その裂達の中に、高級な織物にはない、素材そのものの生き生きとした生命感や人々の慎ましい生活の中からにじみ出てくる願いや祈りをこめたおのずからなる美を最初に発見したのが柳宗悦だった。

その頃、母は女学校時代の親友だった富本一枝の知遇であった柳宗悦が近江八幡や京都にそれらの品々を求めにこられる折にお伴をして、天神さんや弘法さんの市をたずねた。汚点《しみ》によごれたぼろ布団の側《がわ》をほしいというのに市にでた女の人はまさかそんなぼろきれをと思わず、いそいで側をはいで木綿《わた》をさし出してくれた、と母は語ったが、それほど世間では打ち捨てられた裂がのちに丹波布として貴重な名物裂に匹敵するようなものになろうとは誰も考えもしなかった。

青田は上賀茂の社家の一隅でカンテラを灯し一心に織った。手の爪を藍に染めながら貧しく孤独で病身だった。そんな青田のもとに柳宗悦の紹介で母は織物を習いにかよいはじめ、「明日死んでしまう蟬の羽がなぜあんなに美しいか」と語る青田の言葉を大切におぼえていて、私に語った。そして、「この道は暗い。まだ誰も歩いてこないが、併し、必ず誰かがあとから歩いてくる、私はその踏台になる」と言ったという。

青田がはじめた織物の道は時代を先がけていて、世間の眼はまことに冷たかった。貧苦のどん底で三十七歳で亡くなった。

母は青田のあとを継いで織物がやりたかった。どんなに願っても、医家の主婦であり、四人の母であり、時代はまだ女の自立を容易に受け入れてはくれなかった。止むなく断念した機が十七歳の私の目にとまり、運命の転機となったのも偶然のことではあるまい。

焼棒杭《やけぼっくい》に火がついた、と母は言った。幼くて手ばなした娘が自分の止みがたい思いを断念した織物をはじめようとは思い及ばぬことだった。

自由な魂

親子と名乗り合ったとはいえ、養家への配慮からその後母と会うことはなかった。文通が唯一の手段で、それは姉から届けられた。手紙をかくことが大好き、家事は不得手という母を、「お母ちゃんはオテマミ」とよく幼い兄達は言っていたという。巻紙に筆でながながとかく。その頃、「月夜の牡丹」という山村暮鳥の小さな詩集をおくってくれた。小川芋銭の装幀で、「いつか暮鳥さんのお墓にお参りにゆきたい」などと書いてあった。美しいその本を宝もののように持ち歩いたが、いつか戦時中に失くしてしまった。十七年間の空白に一気に呼びかけるように、母はそれなくしては生きられない人達のことを訴えるように書いてよこした。

「絵をかくことは生きることに値すると言う人は多いが、生きることは絵をかくことに値するか」(長谷川利行)。

生きることと、絵をかくことが両方の天秤にのって、どちらが重くなっても生きられない、すれすれの歯車が触れ合えば火花が散って死に至るかもしれない、そういう生き方をする芸術

小野元衛「朱の仏」

小野元衞「近江風景（一）」

家がいることをはじめて知った。

なぜか母はそういう夭折する人達のことを親身に語るのは、当時上の兄元衞が陶器から絵画の世界につよく魅かれて絵をかくことに没頭して悩んでいたからだったかもしれない。

幼い頃からぼつぼつそんな話を聞かされていたらそれほどの衝撃はうけなかったろうが、突然暗闇の中に、一挙に洪水のように波がおしよせてきて、私は翻弄され、学業も全く身につかず、今までの自分は何だったのか、体中の細胞が求めているかのように未知の芸術の世界に憧れた。

その頃長崎から転校してきた文化学院は、母がそれとなく富本一枝にたのんで入れてもらった学校で、兄もその美術部で絵の勉強をしていた。幸か不幸か学業に全く身の入らない私を無条件で受け入れてくれた唯一の、普通の女学校とは全く違った教育を受けることになった。

午後はたいてい先生達と、美術館や図書館にいったり、映画をみたりした。大学部は男女共学（その当時は全くなかった）で、毎日兄の仲間や私の友達と映画を見にいった。

当時私達にとって映画は何か生きる源泉のような必然であって、映画の中で語られる言葉は詩のように心に響き、暗がりの中でノートに書きとめたりしていた。それがフランスやイタリアの異国の物語であれ、凝縮した人生の階段を一つ一つ共に登ってゆくようなかけがえのない時間だった。まだ十七、八の人生の幕がこれから開くかという時期に白布に染みるようにしみこんでいったのだ。学校の授業では絶対伝わらない、生々しいが、虚構ではない人々の生き方がそこにはあった。

「戦艦ポチョムキン」「商船テナシチー」「ル・ミリオン」「パリの屋根の下」「たそがれの維《ウィ》納《ーン》」「にんじん」「ミモザ館」「旅路の果て」「ブルグ劇場」などあげればきりもない。もう六十年以上経つのに、一つ一つのシーンが切り抜かれた画のように胸にはりついている。決して報われることのない人生の悲惨、哀切な恋が身にしみついて、ある時は花びらが宙に舞うように鮮やかに思い出される。銀座や駿河台の喫茶店で何時間も音楽をきき、夭折した画家、関根正三、村山槐多、長谷川利行、青木繁、佐伯祐三などの画集に熱中した。

それは日本が大東亜戦争という無謀きわまる悲劇に突入する寸前、昭和十六年であった。銀座は何か滅びる前の異様な美しさに輝いてみえた。絶対に還ることのない最後の東京の光芒ではなかったか。

午後三時、お茶の水駅に花が降るといわれたほど、文化学院の生徒はお洒落で華やかだった。校長の西村伊作はリベラリスト、教育者としては破格の自由人だった。戦いがはじまって以来、軍国主義一辺倒の時勢に、まっ向から反戦主義を貫き、私達は一ども教育勅語をきいたことがなかった。西村伊作の叔父は大石誠之助といって、大逆事件の幸徳秋水等と共に反逆罪として銃殺され、彼は遺骨をもって故郷の紀州にかえったが、やがて山野を売り、私財を投じて文化学院を創設した。当時の画一的な学校教育に対抗して、芸術を核とした自由な教育を行うために、石井柏亭、与謝野鉄幹、晶子、山田耕筰、奥野信太郎、清水幾太郎、三岸節子、河崎ナツなどの教授を迎えた。

次第に戦局は厳しく、徴兵学徒出陣、女子の徴用など逃れるすべもなく迫って来たが、西村伊作は断固として拒否の態度を崩さず、やがて、憲兵により不敬罪（天皇批判）で投獄された。学校は廃校となり、私は前年、兄はその年に卒業した。西村伊作は獄中で「我に益あり」という聖書のヨブ記の言葉をかりて、獄中記をかき、大石誠之助と同じ運命をたどることも辞《じ》さなかった。私は大分後になってそれらのことを知ったのだが、知らずして植えつけられた西村伊作の教育が後年になって精神の根元に豊かな栄養となり、自由な魂の存在を受け入れることが出来たとしたら、あの戦乱の時期を反骨精神をもって貫いた西村伊作という一人の教育者の賜《たまもの》であったと、後年深く思うのである。

もし芸術という教育があるとしたら、書物や講義だけではなく、あの頃惜しみなく降りそそがれた時代に立ち向う意志と自由の香り、宙に舞う美しい香りではなかったかと思うのである。

兄の死

学院を卒業すると兄は故郷の近江に帰り、絵画の道に没頭したが、すでに結核に冒されていた。近江の野や村落をよく描きに行っていたが、次第に外出できなくなり室内で平安仏画の模写ばかりしていた。私は卒業後、こんどこそ養父母のもとへもどる決心をして、その頃父が赴任していた上海へむかった。

戦火は烈しくなっていた。無謀な日本軍のために刻々悲惨な生活に追いやられてゆく中国の人々をまのあたりにして、私は毎日重苦しい日を送っていた。外へ出ることは稀で、毎日写経するような思いで山村暮鳥の「鉄の靴」という長編童話をかき写していた。

その頃兄から絵がおくられてきた。いつ沈むかわからない魚雷の浮ぶ航路の船便で無事に届くことは難しい風雲急な中を奇跡的に届いた絵は小さな朱の仏が描かれたものだった。兄はおそらく長く生きられない自分の絵を、たった一人の理解者だった私にどうしても見てもらいたいと思って送ってきたのだった。燃えるようなバーミリオンの中に、きっと宙を見すえて合掌する小さな仏だった。

絵の裏に、「君は美と苦悩に殉じ給ひぬ。吾も亦、美と苦悩に殉ぜんとす」という岡本かの子の言葉が書かれていた。芥川龍之介の死を悼む言葉だという。私にとってそれは暗澹とした日々を見守る唯一の守り神のようだった。終戦も間近い頃、私達は危険な海を渡ってやっと神戸に帰ってきたのだが、その直後焼夷弾により罹災した。兄は度々私を迎えに来たが、私は焼け跡に養父母をのこして近江へ行くことが出来ず、明日は爆撃があるだろうという中を終日神戸駅で語り合って別れたこともあった。お互い明日をも知れぬ命だったが、それは日本国中の運命だったからみんな黙して従っていったのだろう。

併し兄の病が次第に重くなってゆくのを耐えていることが出来ず、私は再び背信、意を決して近江へ看病にむかった。熱にうかされながら室中に平安仏画の模写を散乱させ鬼気迫るものがあった。そして私に夜昼、宗教、文学、絵画の世界を語りきかせた。それまで読んでいた少女小説を全部棄てさせ、本当の文学を読めと文学全集を目の前にすえられた。女はいずれ家事に専念しなければならない時が来る、それまでは本を読め、寸暇を惜しんで読めと言った。

私はほとんど一日中、兄の枕元で読んだ。ドストイエフスキイの『カラマーゾフの兄弟』をとくに兄は読んでくれといい、粉雪のふりかかる窓辺で凍えながら夜明けまで読んだ。少年イリューシャが犬に針を飲ませたことを悔んで死んでゆくところや、ゾシマ長老の亡くなった兄のことなど、つよい印象をうけていた。

森鷗外の「即興詩人」、モーパッサン、フロベールなど、あの頃読んだものは私にとっても心に降りつもる雪のように清《すが》しく哀しく残っている。

兄は幼い頃から仏様を描くのが好きだった。幼い時母が木喰上人の十一面観音を柳宗悦さんからいただいて来て、おまつりしていたのを描いている。その十一面観音は私を手離した時、あまりに母が哀しんでいたので、柳さんが京都の御宅に招んで下さり、その仏様を下さったということで、母は毎日その仏様を拝んで心を癒されたと後に私に語った。

兄はその仏を自分で童顔如来と名づけ、幼な顔の愛らしい仏を多く描いていた。いずれもこの世の苦悩をしらぬ顔であったのだが、十九歳で亡くなった弟のこと、今また自分の命もはかり知れず、もう自分には童顔は描けない、現代というこの世の罪、己の罪にあえぐものとして今描く仏の顔は醜く、私のようなものが描くのは冒瀆である、自分に仏画を描く資格はない、併し自分の真に描きたいのは仏画だ、仏画しかないのだ、それを描けない苦悩を知ってくれと私に切々と訴えた。最も尊敬する村上華岳の仏画の前で、華岳が仏画を描くことにいかに命をすりへらしたかを語った。華岳において山や花に神格に近いものを見るが、仏画においては、深い苦悩を、人間の苦悩をみる思いがすると言っていた。

自分が死んだら絵はすべて焼いてくれと言った。家中で誰ひとり兄の絵をみとめるものはなく、何かわけのわからない絵ばっかり描いていると両親は嘆いていた。真夏の朝、若い命が燃え尽き、二十九歳で亡くなった。

紅蜀葵《こうしよつき》が丈高く咲くあけがただった。父がその数日前、灯火のもとで巻紙に、「旬日をいでずして、幽明境を異にすと存じ候」と書いていた。私は心身共に抜殻のようになって、なぜか聖書のヨブ記を毎日写経のように写していた。

秋になって東京の養父母が迎えに来た。こんどこそと何ど目かの決心をして、上京した。近江を去る日、車窓に深い藍を湛えた琵琶湖をのぞみ、湖のほとりで逝った兄達への鎮魂の思いがこみ上げてきた。深い藍の色が心にしみこんでいった。

織物への道

（一）

再び私が琵琶湖のほとりにかえってきたのは九年ほどの歳月ののちだった。

運命はどこか似通った輪廻《りんね》をくりかえすものか、このたびもまた身心ともにぼろぼろになってこの地に吸いよせられるようにして帰ってきた。二児をかかえ、離婚というどん底だった。その間の経緯はさまざまあったものの、美しい林檎と思い込んで皮をむいた時、芯が無惨に崩れていた、という吾が身の愚かさを心底つきつけられたといおうか、実は崩れかけた林檎の妖しい魅力にひきよせられ、芯が燦然と輝いているかのような錯覚、自家撞着のあわれさとでもいおうか、今日までの人生の中で、他者の容赦なき糾弾に最後まで気づかず追っかけていたという結末が離婚という形になっていったのか。この鉄槌が下されなければ私は無知蒙昧の部屋を飛び出すことはできなかったのかも知れない。

この年齢になって振りかえれば若い日の暴走は破局の道をすれすれに走りながら救われるべく己れの衣を脱ぎ捨て、脱ぎ捨てて素裸になりようやくたどりついた仕事への道だったかと思う。

もうあとは振りむくまいと思った。今回も養家への再三の背信であったが、もう義理も何も言っていられない。あの運命的な冬にめぐり合った小さな機、母が若い日に断念した織物への執念が思わぬところで再燃した。縁先にならべられた二台の機で母と娘は織りはじめた。むせかえるような菜の花畑が黄にゆらめいて、傷心の私をふるいたたせた。

「この世にはいないとあきらめていた娘と一緒に機を織るなんて、神様のごほうびやろか」と母は言った。

ある夕方、私は一日中思うようにいかない機の前で悩んでいた。色が全くこちらを向いてくれない。そっぽをむいて勝手に進んでゆく。まるで焦っている自分を嘲っているようだ。じっと呼吸をととのえ、一色一色に語りかけてゆく。色の濃淡、強弱、リズムが少しずつわかってきた、とある瞬間、難解な数学の式が解けたように、一斉に色がこちらにむかって立ち上ってきた。私はその整然とした色の方程式が解けたような喜びで急いで母を呼びにいった。

母はその織物をみて、「私かて若い頃、織物に命かけようと思ったことがあった。美しいものに打ちこみたかった」といって涙をこぼした。その言葉はあまり突然であったので私はおどろいたが、母の積年の願いが一挙にふき出してきたようで今も忘れられない。

ある瞬間、自分でも疑うほど織の中に色が誕生し、無心の美しさに息づくことがある。私には特別な織の師匠はなかったから、ただ手さぐりで母と共に一喜一憂の中を歩いていた。無一文で、織物には全く無学であったから、とんでもない失敗をかさねてもすべて新鮮であり、次のステップとなっていった。

その当時の織物といえば今とは全く違っていて、前述の青田五良のはじめた頃とそんなに変ってはいなかった。柳宗悦のもとで民芸運動として木工、陶器、染織などがはじめられた頃であった。その頃より数年前にさかのぼるが、兄の亡くなったあと、私は遺画集を出したいと思っていたが、誰ひとりみとめるものがなく、のこされた仏画やスケッチを風呂の焚口で燃えそうとされていた。私はどうしてもあきらめきれず、思いきって柳宗悦のもとに相談に行った。兄の絵をみるとこころよく序文をかいて下さり装丁まで引きうけて下さって、小さな画集が生れた。その折何どかお目にかかり、「あなたのお母さんは上賀茂民芸協団ではじめに織物をならった人だ。あなたも織物をしたらどうか」とすすめて下さった。

その言葉が支えとなり、独りになった時、私は迷わず織の道をえらんだ。思えば柳先生が道を展き、青田さんがその道にすすみ、母がこうして導いてくれたのだと、浅からぬ縁《えにし》を感じずにはいられない。

（二）

織物については、西も東もわからない私にとって唯一の道しるべは、柳宗悦著の『工芸の道』だった。その頃の私にとって『工芸の道』は聖書のようなものだった。東海道を西東と往復する間もあの部厚い本を持ち歩いて読んだ。特に「芭蕉布物語」は物の生れ来る道理、必然的に美しくならざるを得ない生命の秘儀のようなものを物に即して諄々と説かれていて、白布の上に水が沁みとおるように私を感得させずにはおかなかった。昭和三十六年といえば先生の亡くなられる前年だったろうか。私はようやく織りあげた裂をもって上京し、駒場の御宅へ伺った。先生はすでに病臥の状態で不自由な片手でその裂をみて下さった。

「いい織物は、書に通じるものがある」と同席の禅僧にむかっていわれたことを思い出す。お別れのとき、その片手で合掌して下さった。その後、民芸の「名なきものの仕事」という道に私は従うことができず、一匹狼のように民芸をはなれ、ひとりでこの道を歩み出したことについてはかつてさまざま書き記したことであるが、歳月を経てみればこれもそうなるべくして歩んで来た道と思われて来る。未熟な私が、目前に立ちはだかる民芸という黒い壁をどうして乗り越えようかと苦い経験をし、大切な師に背いた思いで今日まで慚愧の思いを拭いきれずにいたが、時代の織りなす明暗の波間に浮沈して、切羽つまった思いで、民芸といい、工芸といい、芸術とは一体何かと思い悩み、今のような時代になればそれを笑うこともできるかもしれないが、必死の思いで疑い、迷いしたあげく、研ぎ出されてきたものは、唯一、自分にあたえられた仕事の本質にむかって精進するというものではなかったろうか。そうなるまでに三十年近い歳月が流れている。故なき誹謗と思ったことも時代のなせるわざだったかと今にして思うのである。

あの時、「民芸の仲間があなたを支える」といって下さった師に背いて、日本工芸会が発足して間もなく、黒田辰秋のすすめで全く未熟な私が入選したのも柳先生にとって背信の行為であり、その時、「破門」を言い渡された。一瞬、冷徹な扉が目の前で閉ざされたかと思ったが、実は別の道を歩みはじめた私の内裡には、年をかさねるに従って師に対する崇敬の念が深まっていった。

最後の病床でいただいた『美の法門』をはじめ、初期の『神に就いて』『工芸』など傍からはなすことはなかった。『南無阿弥陀仏・一遍上人』は特に私の魂に深くとどまって今日まで唯一の道標となっている。

民芸の思想の中軸である名なきものの仕事が、民衆の中で美しい花を咲かせ息づいていた時、柳宗悦という思想家によって世に見出された。そのことが皮肉にもその思想に従って仕事をしてゆこうとする人間の自覚、意識によってそれを裏切るという矛盾に到達してゆく、それが名なきものの仕事ではなく民衆からはなれた高価なものになってゆくということに気づくのに時間が必要だった。「求美則不得美」という白隠禅師の言葉に対して美しいものを求めては美は得られず、という哲理は理解していてもどうして人間は美を求めずにはいられよう、と反発した。併し究極は求めようという意識にはばまれて悩み、その境界を知らずして脱け出た時、思いがけないものが生れている、という本来の哲理に行きつくということも体験した。

蚕の命から糸を紬ぎ、植物の樹液から色を得て、その天然の仕組みの不可思議さ、美しさに心を奪われ、これは一体何なのかとその奥儀を知りたくて道をいそいだ。

併し、その当時は紬という概念さえさだかではなく、地方の養蚕農家が工場に入れられない屑繭から糸を紬いで織ったものを紬織と呼んでいた。その屑繭というのは実は玉繭といって二頭の蚕がつくった大形のものであったり、いわゆる工場の機械には適当でないというだけではねられたもので、むしろ繭としては上質のものであった。併し私はまだ糸というものを知らなかった。糸を知ることをおろそかにしていたことを最初に指摘されたのは白洲正子さんだった。「あなたは糸を知らない。織物の命は糸です。まず糸を学ぶように」と、或る織物作家のところに連れていって下さった。手紬、いざり織の織物は、その風合といい、品格の高いものだった。

まず第一に糸づくりを学ぶべく、その後私は結城へゆき、糸繰りの村へも行った。糸づくりとは生涯かけて学んでも学びきれないほど奥深く、出来れば糸づくりにもっと時間をかけたいと思った。座繰り機で生絹《すずし》をとり、真綿から糸をひいてみた。知れば知るほど糸の生態のふしぎ、神秘とさえ思われる。

物づくりはその原点にさかのぼればのぼるほどその魅力の虜になる。これほど面白いものはあるまいと思ったが、この地点で織物を志す者はこの身を二つに分けたい程に悩むと思う。心ゆくまで手間ひまかけて自分のいとしいと思うまでの糸をとり、その糸で織りたい。併し現実は容赦なく一つの道しか選択の余地はなかった。織による表現の道しか私にはなかった。交互に糸が上下し、経と緯が一体になる瞬間、物が成就するという原理をこれほど直截に端的に知らせるものはなく、陰と陽、時間と空間、伝統と今日、理性と感情、二つのものが交差して平面をつくり上げる。織るとは画布をつくりながら描くことであり、白い布をつくりつつその上に絵を描くことである。その初発の糸づくり、布づくりをどうしたらよいのか、前例はほとんどない。

文章をかくように、詩の一行をかくように自分の思うような織物が果してできるのか。

或る日そのことで思い悩み仕事が手につかないまま、河原町を歩いていた。まずやまと民芸店であたたかみのある手紬の反物にふれ、その後、丸善によってイタリア製のなめらかな光沢のあるスカーフを手にとった。まるで私に迷いの原点を指し示すようだった。この二つの布、そのどちらでもない私の目ざす織物とは何だろうと思った時、その頃陶芸家の富本憲吉は陶器でも磁器でもなく、半磁器というものを土台として創作されていた。重すぎてもいけない、軽すぎてもいけない、その中道の、近代的感覚をもつ陶器、半磁器、そうだ、私にあたえられているのは、半紬だと思いいたった。その素地の上に、自分の想いを表現したいと願った。

私は陶芸としての弟子ではないが、京都に出てまず教えを乞うたのは富本憲吉だった。両親をとおして幼い頃から先生のご一家とは親交があり、作品が出来ると必ず泉涌寺の仕事場をおたずねした。ある時、先生は羊歯文の大壺の図柄を描いていられた。長い時間私は先生に何を質問してよいかもわからずにただかしこまって先生の手もとをながめていたが、しばらくして先生は、

「志村さん、今私が何を考えていると思う、あててごらん」

といわれた。勿論私にわかるはずはない。

「次の仕事だ。この仕事をはじめて半分ぐらいしたらもう次の仕事ばっかり考えているよ。だから今は鼻唄まじりでこの仕事をしているのだ」と。

何？　この先生が鼻唄まじりなんて、私にはよく分らない。併し後年、丸太町の住居をおたずねした時、いきなり

「志村さん、勉強しなさい、織物なんて放っといてもやるんだ、それより勉強だよ。私はね、建築が好きで学んだ、数学も好きで今も学んでいるよ。たまたま陶器をつくってはいるけどね」

と、あの円球体の大壺の面に細い筆で正確に羊歯文を埋めていかれる。一分の狂いもなく鼻唄まじりで――。

若い日から弛みなく先生は、建築、数学、絵画、書、文学、あらゆる教養という滋味が年と

共に熟成し、たまたま陶芸の上に花開いているのだと、職人の仕事ではありながら芸術家の、そしてあくまで素人の、偉大なる素人の仕事だったと、後年になって思い知るようになった。どこまでいってもこの仕事は素人、いつもはじめてのものを見て感動し心を動かされている富本先生の仕事は私にとって従いゆく一筋の道のように思われる。

後年、今泉篤男先生が、「あなたは直接陶芸の弟子ではないが、そういう意味の直弟子だよ」と言って下さった。私の生れた年に制作されたものだからと母から伝えられた白磁の大壺に私は四十年来花を活けつづけている。新春の千両、蠟梅にはじまり、いちはつ、牡丹、藤、野の花、秋草などいずれの花も、白い大壺に抱かれて安らいでいるようだ。

色に目覚める

（一）

色とは何か、色はどこから来るのか、色は本当に色なのだろうか。

この仕事をはじめて以来、私の生活は色にはじまり色に暮れるような毎日だった。植物の樹液から色を得るということをなぜ選んだのか。当初これほど植物染料が決定的だとは思っていなかった。

昔、母が上賀茂民芸協団で染めた糸が偶々のこっていて、私はそれを使ってコプトまがいのまことに拙い帯を織ってはじめて日本工芸会に出品した時、当時審査員だった芹沢銈介先生が、落選しかかっていた帯を、「色が美しいから」というだけでひろって下さったということを後に知ったが、その折、「一生植物染料をやっていく気か」といわれ、私は迷いなく、「はい」と答えたその時ですらこれほど深く植物染料にかかわってゆくとは思っていなかった。

その頃、偶々軒先に隣り合せに植物染料で染めた灰色と化学染料で染めた灰色の糸を干《ほ》していた。庭の緑の木々にすぅーと溶けこんで自然の空気を吸いこんでいるような植物染料で染めた灰色の糸、その隣りにひとりそっぽをむいて浮き上っている化学染料の灰色、その違いをはっきり見たことが或いは、植物染料との最初の出会いであったかも知れない。

言葉ではいい表せない、感じるもの、それだけにゆるぎのない色の生れ出る出自とでもいうか、私の中で色の核のような存在が感じられたのではないだろうか。

織ることのたのしさもさることながら、植物から抽出した液にまっ白な糸を泳がせ、次第に染上ってくる、まさに色が生れる瞬間に立ち合うことのうれしさ、何にたとえられよう。ぽっと頬を染めた少女のような初々しい紅花のうすべに色、意を決して自らを高昇させる蘇芳《すおう》の真紅。黄金いろにあたりを輝かせる山支子《くちなし》の黄色。夕空に天使をつれてやってきたかのような茜いろ。一色々々浸みわたるように深まる紫根の紫、思わず染場は別天地になって、まるで自分達が染め上ってゆくようなよろこびが全身に伝わる。染場の若い人々は顔を輝かせ興奮している。といっても一ばん興奮するのはいつも私らしい。

色はこの上なく正直で、常に一喜一憂の仕事場である。染め上った糸は絵の具のようなものだ。美しい色が整えばまず織りたいと思う。形が先か、色が先か、どんなに最高の糸を用い、構成力がしっかりしていても色が問題である。マーク・ロスコは色彩の画家であるが、作品をつくる時、「他のどんな要素よりもあなたにとって色が最も重要なのでしょう」とある人に問われた時、「いえ色ではなく、messuores 寸法或は尺度だ」と答えたという。色を構成するのにまず尺度だとはいっても、それなら色はどうしてえらぶのか、色はロスコにとって分身のようなものなのではないか。勿論ロスコは色だと答えると思った私は、意外な気がしたが今は分るような気がする。

色と構成は一体である。理性と感情の均衡というか、実に微妙な関係にあるが、この二つが絶体絶命に溶け合っているものこそ傑作とよばれるものになるのだろう。ロスコの作品はどこから色か構成かなど全く感じさせない。それほど色はロスコ自身なのであろうし、構成は決定的な生き方そのものなのであろう。画家が絵の具を得るように私は植物から色を得ている。それも一つの生き方、構成力なのだと思っている。それを自分は自然から受けているということがまた別の世界につながり思いがけない展開をみせてゆく。

四季の移り変りと共に植物から出る色は刻々変ってゆく。一つとして同じ色が染まらない。植物の生い立ち、若い木か古木か、伐採の時期、染め方、その時の人間の心境等々、千差万別に変ってゆくのが植物の色である。

（二）

「藍の命は涼しさにある。」

藍についての師匠は片野元彦である。自分で藍を建てるということは私にとって至難の技で、紺九の主人は「そりゃ鉄砲建て、地獄建てといって素人のあなたには無理や」と言下に言われた。それでもあきらめきれず、諸々の藍師をたずねて教えを乞うたがうまくいかない。そんな時、偶々白洲正子さんに相談したところ、名古屋の片野元彦を紹介して下さった。片野さんは藍染による絞の世界を格調高く創造された方である。片野さんは織場の片すみに建てていた藍甕をみて、即座に「こんな綺麗ごとじゃ駄目です」といってまず藍小舎を建てるようにといわれ、仕事場の奥に建てた藍小舎を屢々訪ねて懇切丁寧に指導して下さった。それがなかなかうまく建たない。藍建に最も大切なものは木灰の灰汁《あく》である。それがなかなか手に入らない。折角苦心して集めた木炭に少しの不純物が入っていたとか、灰汁を抜いたあとのもの（陶芸家が必要なもの）であるとか、貴重な蒅《すくも》（藍の原料）を度々捨てなければならない状態になって、私はすっかり自信を失い、片野さんに弱音をはいた。「私が女だから駄目なのでしょうか」（古来女は不浄であるから藍甕に近づくなという言伝えがある）と言うと、片野さんは厳しい口調で、「私は明日死んでもいいように娘に伝えています」と言われ、私の打ち込み方の足りなさを種々指摘された。まず木灰を人だのみせず自分でつくること、出自の正しいもの（雑木の幹と

か枝の伐り倒して間のないもの）を燃して灰にすることなど。その他藍を建てることは、

一、子供をもったようなもの、絶えず目をはなさず愛情をもって見守ること

二、藍の命は涼しさにある

三、建てること、守ること、染めること、をもって「芸」という

とさとされた。

その後「藍浄土」という片野さん父娘の藍と絞の仕事がテレビで放映され、私は深く心を打たれた。それは片野元彦の仕事の真骨頂というべく、心魂を傾けて藍と絞に立ちむかう姿を映してあまりあるものだった。並々の覚悟で藍にむかうべきものではないと、片野さんは遺言のように言いのこして逝かれた。文字通り藍なくして私の仕事はない、と思いさだめて藍を守ってきたが、私の色の世界は藍一筋ではなく、蘇芳、紫、黄、茶、鼠とあらゆる色に対して貪欲であったから、屢々藍の機嫌を損じ悩むことの多い日々であった。

今から二十数年前、自分は織物はやりたくないと言っていた長女の洋子が、私の藍に悩む姿をみて、藍をやってみたいと言い出した。親の後姿はかくしようもなく子供に見とおされていたのか、そこならば自分のやり甲斐のある場だと思ったのか、私とはまた少し違った取り組み方で藍を建てはじめた。

思いがけない伝承が藍をとおして仕事全体を貫く何か目にみえない存在として力づよく加わってきたような思いだった。まさしく私一代では藍を守りぬくことがむつかしい、さらに深く

藍の生命体を知り、その神秘的な天体を映す色彩の繧繝《うんげん》（グラデーション）を染め出し、きわめることが出来ればと、祈りにも似た思いで見守ることとなった。

藍はほかの染色方法とちがい、甕の中で醗酵させ、還元させ、その微妙なバランスを日夜見守ってゆかねばならないが、そのことが実は藍の色としての生命と深くかかわり、他の色彩にはない宇宙的な光と闇を抱き、そこにかかわる人間の精神性を問うところまで表現し得るものなのだということに次第に気づかされたのである。かつて片野さんは、藍はその人の品格をあらわすといわれた。

古来、ヨーロッパでは古代の宗教画、中世のフレスコ画に必ず霊性の高い青《ブルー》が登場した。中近東においてもブルーモスク、モザイク、装飾書体《カリグラフィ》などに用いられた青はまさに天上的色彩である。日本でも平安時代の絵巻、古写経、平家納経の紺紙金泥など、藍と金の組合せは、密教の世界でも最高の色彩である。

かつて母が、日本の藍ほど精神性の高いものはない、あなたの仕事の根幹として必ず藍を守ってほしい、と言って廃業した紺屋から藍甕をいくつももらいうけ、いつか必ず建ててくれるようにと言っていたことを憶い出した。日本の女性には藍染の着物が一ばんよく似合うといって終生藍の着物を着ていた。

庶民にも、田んぼで働く農婦にも、貴族にも、すべての人に藍はよく似合う。三十年来、何ども何ども藍を建てることに失敗し、もうやめようかと思ったこともあったが、何としても止めては私の仕事のすべてがだめになると思いさだめてようやく藍を中心にすえて仕事をはじめた時、ふしぎにもほかの染色の水準が上ったような気がした。藍の本性を知ることによって植物染料全体の姿が浮び上ってきた。藍を天体から射す光と、地下深く存在する闇の色であるとすれば、植物の葉や花、実などは地上を彩る色であり、地球に生きとし生けるものの生命の色ではあるまいか。藍の生態は月の干満と深いかかわりをもち、新月に建てはじめ満月に染めはじめるというのが最高の状態であるということが次第に分ってきた。

（三）

「含蓄のある一点」（ゲーテ）

緑は私にとって色彩世界への導入口、キイポイントである。見えない世界、宇宙の彼方へ導いてくれた色である。

あの緑したたる植物の葉から緑は染まらない、という最初の疑問。藍甕の中に浸した白い糸が引き揚げられた時の鮮やかなエメラルドグリーンが瞬時に消えてしまう不思議、なぜあの緑は消えてしまうの、地上にとどまらないのか、刈安や山支子《くちなし》で染めた黄色を藍甕に浸した時、はじめて緑が誕生する。

青クンと黄いろクンが仲よくなって緑クンになっちゃったレオ・レオニのお話のように、なぜ！　と思わず大声を出した時、次の言葉にぶつかった。

「闇に最も近い青と、光に最も近い黄色が混合した時、緑という第三の色が生れる」

さらに、

「色は光の行為（能動）であり、受苦（受動）である」（ゲーテ『色彩論』）と。

今までひとりで胸にかかえて、息がつまりそうだったこの疑問に答えてくれた書物に出会った。色彩が光の行為であり、表情であり、さらに現実界の様々な状況に出会った時に受ける苦しみ、いたみであるとは、目から鱗というより以上の開眼だった。そこから展かれてゆく超自然的な力、氷山の一角のような緑というひとつの色を節穴としてみえてきたものはあまりに厖大で汲みとることさえ出来ない自然界の姿であった。

「光と精神、自然界における光と、人間界における精神は、ともに至高にして細分化しえないエネルギーである」（ゲーテ『箴言と省察』）という言葉は、光と人間の精神はひとつなのだという湧きあがるような歓びをあたえてくれた。人間の眼が形だけをみているのではなく、光を神の啓示としてみているのだということを信じてよいのか、何ども何ども読みかえした。

　「もしこの眼が太陽でなかったならば、なぜ
　に光をみることが出来ようか。

われらの中に神の力がなかったならば、聖なるものがなぜに心を惹きつけようか。」
（前の二行はプロティノスの『エンデアネス』、後の二行はゲーテの大幅な意訳）

さらにこの詩は神が人間にむかってその信頼の冠をさずけて下さったような、敬虔な祈りをいだかずにはいられない。漠然と抱いていた私の色彩への宏大な扉が夢ではなく截然と開かれ驚くばかりの展開を示してくれた。勿論、色彩論の何分の一も理解したとはいえない。わからないところはわからない。わかるところは心が躍動し、歓喜する。またしても頁をひらけば目が釘づけになって、そこから仕事の迷路、暗闇に光が射す。

それが二十数年、ずっと続いていて、私はまるで小学生が本を開いたり、閉じたりするようにすでに、『自然と象徴』はぼろぼろになっている。併しまだ突然鞭でたたかれるようにそんな箇所を見落としていたか！　と呼ばれるような気がする。この書物は私が仕事をするかぎり常に自然が唯一絶対の師匠であり、そこから教えられるものと交響し、感応して仕事をしてゆかねばならないことを指示してくれるのである。

たとえば、
「自然は常に真実で、常に真面目で、常に厳格です。自然は冗談を解せず、過失や誤りは常に人間にあります。これを知らない人を自然は軽蔑し、これを知った真実で心の清らかな人にだけ、自然は胸を開いて秘密を打ち明けてくれるのです」と。

この言葉はまことに人間にとって辛辣で、まだまだ自然は秘密を打ち明けてはくれない。むしろ自然はますますかたく扉を閉じ、人間は傲慢にもそれを乗り越えようとしている。自然が苦しみ、悲鳴をあげて訴えていることを我々は日々身辺にじりじりと感じているにもかかわらず、渇れかかった泉からなお水を汲もうとしている。そんな中でふと、開かれた秘密のあることに気づくことがある。秘密はかくされているものではなく常に開かれている。閉ざしているのは人間である。

自然を深く見つめ、耳を澄ましてその声をきき、ひろくあたたかい自然の懐《ふところ》に抱かれる時、その存在を、生命の響きを感じる。そこへたどりつき何か手にふれたとき、それをゲーテは「含蓄のある一点」と呼んでいる。その一点を見出した時、ほんの少し自然が開示される。その一点から次々と見えてくるものが必ずあると言うのである。

それを「導きの糸」とも呼んでいる。

（四）

「緑は生命の死せる像である」（シュタイナー）

導きの糸にみちびかれて私は色が単なる色ではなく、色の根源は光であり、光は色の母胎であることを知らされた。宇宙からのメッセージであり、あの大空を彩る透明な青、暁天を染める茜色、夕焼の真紅、雨あがりにかかる七色の虹、海の藍、河の藍緑、炎の赤、すべて自然現象にあらわれる色、物に染まらず、手にとっては無色透明である。もう一つは物に結びついて物そのものになっている色、あの大地の様々な土の色、岩石、そこに埋まっている宝石の色、植物の緑、花の色などいずれも自然がこの世に生み出し、物に定着させた色である。さらに、人間が生み出した人工的な化学染料の色、これらの三つの領域に存在する色を私達は日々目にしているのである。

それならば私が今染めている植物から抽出した色はどの領域に入るのだろう。自然が持っている色を人間が取り出して、色をいただくなどと昔私はよく言ったものだが、今はそんな言葉で一《ひと》くくりにできないような気がしている。自然から取り出して人間が利用しているものは数限りなくあるし、今や自然破壊の域にまで達しているものも少なくない。遠からず植物の中でもう染められない、消えてゆく色も多いと思う。何か今書きとめておかなくてはならない、今染めて色としてのこしておかなくてはならないのではないかと私をせきたてているものがある。

「緑は生命の死せる像である」と語ったシュタイナーはゲーテの後をついで、『色彩の本質』という著書をあらわしたが、これはその中で言われている言葉である。難解で何十年、常に言葉としてつぶやいてみてもよくわからない。にもかかわらず、緑という色に生と死が深くかかわっていることはよくわかる。植物染料を染めていて、植物が緑であるにかかわらず、常に緑が逃げてゆく、どこへ行くの、と呼びつづけてきたが、この現実界の中で、生命は刻々滅びにむかっている。すべてのものは死にゆくものである。誕生したみどり児が瞬時に赤ん坊になり、子供になり、壮年になり、老年になる。植物も初々しい新芽の緑はやがて紅葉し、落葉する。色だけがこの世で不変なはずはない。最も生命の尖端にある色が死と隣り合せであることは当然である。それが緑であり、生命の死せる像ということだと解釈してよいものか、まだまだ充分に了解しているとは言えないが、色というものが単にものに附着した色だけではなく、大宇宙からの伝言《メッセージ》であり、言葉であり、叡智であると私はゲーテから学んだ。さらにシュタイナーが色を像であると言ったことは現実界からは色と見えていても、不可視の世界からはそれは単なる像である、ということであろうか。

色即是空、空即是色とはまさに真理の奥儀を語り尽くして余りあるが、西洋では色を理念的、哲学的にとらえる色彩学というか、ニュートン以来自然科学としてとらえてきているが、日本では学問として色彩をとらえることがあったであろうか。日本の色彩について語ろうとすれば、おのずから新たな色彩世界がみえてくるような気がする。それは万葉の、古今の和歌の世界から湧き出る泉のような自然界の色彩である。日本の色を思うとき、和歌の世界なくしては語れない気がする。西欧の理念的世界から情緒的、感性の世界に色は移行してゆくようである。

日本の色——万葉の色

ながい間仕事をしてきて、何か一つ心の円盤の上を囁くようにまわっている言葉がある。

「日本《にほん》の色、日本の色」

織場の葛籠《つづら》に何十年も前から、日本の色とかいた和紙が貼ってあり、その中に染めた糸が入っている。箪笥の中にもさまざまの染め糸が納められている。いつか心ゆくまで染めのこしておきたい。それが私の一つの支えのようになっている。そう念願してきた私の夢も今や最終段階をむかえている。果してかなえられるだろうか。

気に入った色が染まればすぐ使ってしまう性分なので、糸は増えたり減ったり、一向にたまらない。もう果せなくてもいいと最近は思っている。色はすでに着物や裂の中にのこっているのだからと。

ただこの期《ご》に及んで日本の色について書いておきたい思いが強まっている。寝ても覚めてもこの想いは捨てきれない。

併し、色を言葉で現わすことは至難である。不可能なことかもしれないとさえ思う。色は言葉にしようとした途端に消えてゆく。それなのに年をかさねればかさねるほどこの不可能なことにむかってみたい。言葉によって色をとらえるのではなく、その思いを語りたいのかも知れない。

なぜならこんなにも色を愛《め》で、色と共に暮してきた民族が世界のどこにあるだろうか、こんなにも色のことを深く生活にも、心情的にもわかっている民族はほかにはいないと思うからである。緑なすこの島国の四季折々の移ろい、四囲を海にかこまれ、湿潤《しっとり》と、繊細《こまやか》に、緑は芽生え、盛んなる山野のたたずまい、この国の色彩感覚の目覚めは長い歳月のうちに培われてきた、世界に類をみないものである。外敵からのさまたげもなく、平穏に続いた国柄、正倉院にはじまる千余年の文化が抱きつづけてきたものは、勿論色彩のみにとどまるものではないが、そこに瑞々しい生命を奏で、人々の中に深く浸みわたるのは日本の色ではないだろうか。

もし正倉院御物や源氏物語絵巻にかほどの色彩がのこされていなかったらどうだろう。そんなことを思いついたのは、ほかでもない、色彩こそその民族の感情であり、形象をつかさどる精神であり、魂であると思うからだ。こんな思いを熱く持ちつづけてきたのは、この年齢になって万葉集の中にいかに植物による色彩が深く浸透しているかに気付かされ、そこから古今、新古今、拾遺集などの和歌の世界に薄雲のごとくたなびいている日本の色彩に目を開かれたからである。

万葉集の中には、植物染料による色彩が溶けこむようにして唱われ、古今集には、色ともいえないほどのかすかな風や波の気配にもたくみに唱われている。

花は散り　その色となく　ながむれば　むなしき空に　はるさめぞ降る（式子内親王）

その色となくの深い余韻、散る花に、はるさめに意味もなく引きこまれてゆくのはなぜだろう。このような詩人が世界のどこにいるだろう。

色なき色こそ、本当の色ではないかとさえ思う。こんな風に色のことを思い続けているのは勿論私が植物による染料から受ける無量の色の恩恵によるものではあるが、久しく伊原昭の数冊の著書を傍において読み続けてきたおかげである。この方の古代からの色彩に対する研究に私はどれほど多くを学ばせてもらったことか、測り知れない思いである。その著書の一端をあげると、

『色彩と文学──古典歌謡をくらべて』
『万葉の色』
『平安朝文学の色相』
『日本文学色彩用語集成──上代、中世』
『色彩の文芸美』

等々である。これらの伊原さんの研究は、日本民族の深く高い色彩に対する思想を、厖大な資料のもと克明に研究された成果である。

世に知られず地道に、歌謡や物語や絵巻の中から纖細な探知器のようにさぐり出し、まとめ上げて、偉大な霊山のように今私の前に聳え立っているのである。

もしこの書を読まなければ色彩がそこまで深くこの国の文学に浸透しているかを気付かなかったかも知れない。伊原さんの学問の沃地が豊かにひろがっていたからこそ、実際に植物染料を手がけ、そこから発生する色を確証し、それが単なる色ではなく民族の魂や歴史の中に生き続け、受けつがれてきたものであることを認識したのである。その裏付けとして伊原さんの書物が私を触発させてくれていたものだということにようやく気付き、私自身がおどろいている。

万葉集の中に植物から染め出された色を人々の心映えとして、恋歌に、相聞歌に、挽歌にうたいこまれていることを思い、もう一ど新たな目をもって万葉集を読むようになったのである。

「あい」「あかね」「かりやす」
「きはだ」「くちなし」
「くれない」「すほう」
「つるばみ」「むらさき」

などほとんど山野に自生する草木根実から採られた色であり、

「垣津幡《かきつばた》」「水縹《みはなだ》」「山藍」
「鴨跖草《つきくさ》」「紫草」

などその植物の姿を連想するさえ床しく、言葉の響き、文字のこころよさ、古代の人々の感性は洗練され、情感をこめて歌い上げている。

「靖鳥《そにどり》の青き御衣《みけし》」
「水鳥の鴨羽の色の青馬」
「翡翠《かわせみ》の青緑」

など青の精髄と言葉がまさに一体になって目に浸みるようである。

恋の心象と染色の生態が微妙にまじり合い、かさね合い、想いの濃さ、淡さ、どこからともいい難く色そのものになってゆく古代の人の感性は、おおらかで、自然の巧みにそのまま従っている、いや、自然の内懐にいだかれているとしか思えない。

位高き人から平らかな暮しの人までその心情の豊かさ、床しさは人々が神に近く、神を敬う生活そのものであったと思う。それでなくてどうしてこんなに率直にありのままの歌がうたえようか。

紫は古代より最も高貴な色とされているが、庶民もまた最も好む色であったと思う。それほど魅力的な色である。正倉院文書にも、紫の羅、紫色絞纈、紫紙、金塵紫紙、紫革、紫瑠璃などさまざまの分野で用いられている。延喜式には、深紫、浅紫、滅紫、深滅紫など色相の微妙な変化を染め分けている。

滅紫、ほろびる紫、褪紅、あせる紅。

紫はあせるのではなく、ほろびる。紅はほろびるのではなく、あせる。

今実際に染めている私はそれを実体験している。紫は根で染め、紅は花弁で染める。根は終極である。滅びるしかない。花びらは褪せる。散る。そんな自然の法則が言葉としてのこっているとは！

紫は灰指《さ》すものぞ　海石榴市《つばいち》の八十《やそ》の衢《ちまた》に　逢へる児や誰（十二巻三一〇一）

とあるように紫根は椿の灰汁で媒染すると美しい紫色を得る。現に今朝も私はそのやり方で紫を染めてきた。千年余もその方法は伝えられ、生きている。

紫草《むらさき》は　根をかも竟《を》ふる人の児の　心《うら》がなしけを　寝《ね》を竟《を》へなくに（十四巻三五〇〇）

紫草《むらさき》を　草と別《わ》く別《わ》く伏す鹿の　野は異にして心は同じ（十二巻三〇九九）

紫の糸をそわが縒《よ》る　あしびきの山橘を　貫《ぬ》かむと思ひて（七巻一三四〇）

額田王は「茜さす紫野ゆき標野ゆき……」と詠み、天武天皇は「紫の匂ほへる君を……」とこたえ、蒲生野に咲く紫草をこのように天真に、玲瓏にうたわれたことにも驚嘆する。

私がいつもふしぎに思うのは万葉集になぜこれほどの名なき人の歌が輝いていたのか、後世に遺す印刷技術も何もない時代になぜこれほど大らかな遥々《はるばる》とした歌がのこされたのか、その後こういう庶民の歌はどうなったのか。古今、新古今はもう貴族の歌となっている。

原初の素朴な歌、色そのものはどこへ行ってしまったのか寂しい限りである。

人々は野に出て花を摘み、根を掘って採集した植物を、摺ったり、写したり、煮出したりして、色の出自を見届けていたからこそ感覚が次第に冴え、磨かれていったのだろう。美しく染まった衣を恋人に着せたい、その色の褪せませぬようにと祈って歌ったのだろう。

それ故じかに感じるのだ。紫は古代高貴な色であったが、実は原初的な素朴な色であったと私は思う。

「赤《あか》」はすでに古事記や献物帳にもみられる。茜朱、丹、紅、緋など、明るい太陽の燃える火のような強烈な赤から、柿の熟したような橙赤色、赤錆色、丹のような褪赤色、紅花で染めた薄紅色、桃色、緋色など実に華やかで可憐な色相を表わしている。

いふ言《こと》の　恐《かしこ》き国ぞ　紅の色にな出でそ　思ひ死ぬとも（四巻六八三）

紅に深く染みにし情《こころ》かも　寧楽の京師《みやこ》に年の経ぬべき（六巻一〇四四）
紅に染めてし衣《ころも》　雨降りてにほひはすとも　移ろはめやも（十六巻三八七七）
紅《くれなゐ》の濃染《こそめ》の衣《ころも》　色深く染《し》みにかばか　忘れかねつる（十一巻二六二四）

およそ相聞歌の中で、紅、真朱《まほそ》、朱華《はねず》色、蘇芳などは華やかさ、はかなさの象徴であり、かくしようもなく色に出《い》ず、といわれるような妖しい恋のかけひきさえうたわれるのである。また赤は古代より火の色、血の色を象徴し、最も神聖なものであると同時に呪術的、外敵から守るための魔除けの色などとして、家や舟に塗られたりしているのも色の力である。

橡《つるばみ》という色に表象される庶民の色、櫟、楢、栗、椋など、いわゆる雑木、薪などにもつかわれる木から、黒、茶褐色、鼠、焦茶など、その染料で染めた衣は色褪せないものが多い。いわゆる堅牢な色彩群である。それ故、人々に親しまれ、洗いさらしても、縫い直しても変らない色として珍重された。

紅《くれなゐ》は移《うつ》ろうものぞ　橡《つるばみ》の馴れにし衣《きぬ》に　なほ若《し》かめやも（十八巻四一〇九）
橡《つるばみ》の衣《きぬ》は人皆事無しと　いひし時より着欲《ほ》しく思ほゆ（七巻一三一一）
橡の解濯衣《ときあらひぎぬ》のあやしくも　殊に着欲《きほ》しきこの夕《ゆふべ》かも（七巻一三一四）

橡で染めた衣は洗っても解いても何年経っても変らない。紅などのはなやかな色にくらべて見劣りがすると人はいうかもしれないが、その衣を着ているとそれを染めてくれた人の想いが伝わって心変りのしない恋人をうれしく思う。またそれを着てくれる人を自分は恋しく思う。何という慎ましい人々だろう。自然に抱かれて生きていた万葉の人々を慕わずにはいられない。今ありあまる物質にかこまれて、本当の色を失いつつある。色とは何かさえ思わなくなっている。貴賤を問わず、あたえられたものを慎しんで着ていた人々を祖先にもっていたことを忘れないでいたいと思う。

日本の色――古今・新古今・源氏物語の色

色は時代と共に生き変化してゆく。あの万葉の頃の天真な、直情あふれる歌は次第に姿をかえ、平安期の源氏物語などにうたわれる歌は人々のこまやかな心理描写、恋のゆくえである。何より貴族、特権階級のものとなってゆくことが時代の成りゆきとはいえ、寂しい限りである。庶民はその頃歌っていたのだろうか。編纂するものはいなかったのか。

古今、新古今と移ってゆくに従って、もう一般の人々の声は聞こえなくなってしまった。下賤なものは下賤の歌しか詠めないと、貴族は思っていたのだろうか。色彩も従って王朝の、襲色目《かさねのいろめ》、十二単衣にみられるような豪華絢爛とした貴族の衣裳、邸宅を彩る調度、庭園の風情などに変ってゆく。

文化が爛熟し、醸成されてゆくことはいつの世にも王侯貴族の社会においてである。

平安朝の色彩はたしかに驚くほど華やかに、繊細に空前の美を発生し、その表現の豊かさにおいて、文《ふみ》の彩《いろどり》ともいうべき独自の世界を出現した。

たとえば文章や歌にあらわれる

「匂ふ」

「うつろふ」

「なまめかし」

「あはれ」

などの表現に写し出されているものは言葉では語り尽せない玄妙な色の命である。文芸の中に消えては浮ぶ走馬燈のように輝いたり、うつろったり、滅んだりしてゆく。「匂ふ」などというと実際ににおうのかと錯覚したりする人がいて、先年紫が匂っちゃこまるよ、と冗談をいった人がいる。

「紫匂ふ」というのを、紫根のにおいと混同して思う人があるくらい、感覚的なものである。ほんとうに匂うばかりの風情といえば、澄んだ空気の中、蒸留された最上の美しさが漂い出すことと解したい。

伊原昭著の『色彩と文芸美』の中に、

「「にほひ」とは平安時代の後宮女性の美的関心の中に端を発しているもので、視覚、聴覚、嗅覚のような諸感覚を越える美の一つの形態をあらわし、日本的な美の一性格として今日なお生き続けているものであると言われている。こうした華麗な日本文化爛熟の時代の、最も優美な貴族的また女性的な基盤の上に醸成された、「にほふ」が平安時代の諸作品にどのように形象されているか〝色彩的な面〟からその様相の一端を探ってゆきたい」

とある。

宇治十帖の薫君、匂宮はいずれも嗅覚による匂いをあらわし、薫君は天性のいわゆる体臭が高貴な匂いを発するところから名づけられているが、匂宮はそれに対抗して珍重な薫物《たきもの》を常に身に添わせていたところからいわれているものである。

いずれも二人の貴公子の麗しさをこれ以上表現するものは他にないと思われるが、その匂いの根元は一種の幻覚、この世ならぬあたりから漂う媚薬のような働きを多少もってはいはしないだろうか。それは決して不健康なものをあらわしているのではなく、命のさかんなさま、初々しさ、清らかさを内包し、しかも非日常性、貴族性を表したものである。

「紅にほふ」「匂ふばかりの桜襲」(源氏)、

「いと匂ひやかなるもてなし」(宇)、

「隈なく匂ひきらきらしく」(源氏)、

「けだかく匂ららららうじく」(栄華下)

と、それが衣裳ばかりでなく、紙、車、御簾、植物、容貌とすべてにいたる色彩を媒体としながら、それを越える美的な情動にまで映発してゆくものである。「匂ふ」の美的表現は日本独特のものであろうか。中世ヨーロッパの修道院などで薬草からの香りが研究されていたという。

「匂ふ」という表現ひとつによって物語や絵巻物全体が幽玄に浮び上ってくる、魔術のような気さえするのである。

ちなみに、香道において聞香という言葉があるくらい、香りは嗅覚だけではなく聴覚、視覚、味覚にまで及ぶという。「匂ふ」を辛味甘味にまで嗅ぎわける日本的感覚、かつて私は「黒方」という御香をたいていた時、亡き父を真近に感じ、冥界と通じているのではないかとおどろいたことがある。香りはある領界にいざなう力があると思った。

なでしこが　花見るごとにをとめらが　笑まひのにほひ思ほゆるかも（十八巻四一一四）

「うつろふ」ものといえば、〝色《いろ》はにほへどちりぬるを〟とすでにこの十二の文字の中に、詠みつくしている。散りてこそ色なのである。いつ褪《さ》めるか、滅びるか、散るか、きわきわのところににおっているものが本当の色である。それを何とか滞《とど》めようとするのは人間の本能であり、生死にかかわる問題でもある。世の無常、咲き匂う花は色褪せ、黒髪に白い霜が降り、万物すべてうつろってゆくことを我々は見るのである。

天雲《あまくも》のたゆたひ来れば　九月《ながつき》の黄葉《もみぢ》の山もうつろひにけり（十五巻三七一六）

鴬の鳴きし垣内《かきつ》ににほへりし　梅この雪に移ろふらむか（十九巻四二八七）

美しければ美しいほどうつろいやすい、愛するものの死という凋落、衰微、この厳則を知れば知るほど、宇宙万物流転の中に何か恒久的なもの、常磐なるものを求めてやまない思いがある。「匂ふ」と「うつろふ」とは、実は時の経過の線上にある必然である。

八千種《やちくさ》の花は移ろふ　常磐《ときは》なる松のさ枝を　われは結ばな（二十巻四五〇一）

咲く花は移ろふ時あり　あしひきの山菅《やますが》の根し　長くはありけり（二十巻四四八四）

「なまめかし」という現象に、私は体に響くほどの体験をしたことがある。藍を染めている最中だった。勢いよく最高の状態で藍が建ち、初染めの時まっ白な糸を甕に漬け、引きあげた。眩いばかりのエメラルドグリーンが絞り上り、やがて瞬時に消えてゆく。その後を追うように縹《はなだ》色が浮んでくる。藍染の中で最も盛んな色、それは初染めの縹色である。幼くも、老いてもいない。まさに青春そのものの色、縹だ。力が漲っている。艶である。清々しい。その時思わずなまめいてみえた。色がなまめくとは！　ふしぎなことだが目の前の青が生気を発してなまめきたつのである。私はこの体験をするまでなまめくとは艶なること、色っぽいことと単純に考えていた。しかし源氏物語にあらわれるなまめかしということは到底一筋縄ではなく、実に複雑多様である。さまざまの色の対比とか調和、融合、その時々の情景や人物の心理や容姿すべてを彩なしてなまめくのである。

「くもりなく紅きに山吹の花の細長は（中略）なまめかしうみえたるかたの……」（玉蔓）
「そこはかとなくあてになまめかしくみゆ柳のおりものの……」（若菜下）
「薄紅梅に桜色にて、いとひそやかになまめかしうすみたるさまして……」（竹河）
「みづら結いて紫すそ濃のもとゆいなまめかしう……」（澪標）

などかぎりなくなまめかしい形容が出て来る華麗な描写とは正反対に、色を捨て、削りとった無彩色の世界、白と黒の色相の中に鈍《にび》色という色があらわれる。哀惜の喪の色である。

「無紋のうえの御衣《おんぞ》ににびいろの御下襲、纓巻たまえるやつれすがたはなやかなる御よそひよりもなまめかしさまさり給えり、……」（葵）
「おほんをちのふくにてうすにびいろなるも（中略）すこしおもやせていとなまめかしきことまさり給えり」（蜻蛉）

今までのはなやかな、艶々《つやつや》とした色彩が否定されてゆく。大切な人の死によって、無常の中に出家、落飾を願うもの、死に直面した病苦の中、白い衣にうち伏す姿、墨染の衣に身をかえて仏門に帰依する人、栄耀栄華の極みに生きた人々にも、それが華やかであればあるほど悲哀は深い。その対比の妙が、逆に白黒の世界をきわだたせる、源氏物語の比類ない美の象徴がこのなまめかしの逆転の世界にあったということは意外のようでもあるが、これも必然である。

「鈍色」にびいろ、この微妙な衰退の表現、華やかな色から華やかさを抜きとってそこにひっそり匂っている色。あの華やかな宮廷生活があればこそ、悲愁の装いが、とくに光源氏をはじめ男性貴族の中にきわ立つのである。紫をして、滅紫と誰が名づけたのか、紫根を染めていて、温度が六十度以上になると紫はほろびて鈍色になる。どこかに紫の余韻をのこした灰色、墨色である。文学上の造語ではない。歴とした染色上の色なのである。紫式部の底知れない才能は色彩の上にも厳然と実証されている。王朝の華麗な色彩の物語である源氏は、終りにあってあらゆる色を否定した白と黒、清浄と死の無彩色の世界にゆきつき、色として完成させたような気がする。

「あはれ」そしてここに到達した。

もののあわれ、これこそ日本の文化の基底に流れる音曲、和歌、文学すべてにうっすらとおおわれる霧のような心情である。短調の、その奥の野末の風のようなノイズにもまぎれるような、もののあわれとは、果してそこに色はあるのだろうか。

「時々につけて人の心うつすめる花、もみぢの盛りよりも、冬の夜の澄める月に、雪の光あひたる空こそあやしゆ、色なきものの身にしみて、この世のほかのことまで思い流され、面白さもあはれさも残らぬ折なれ、すさまじきためしに言い置きけん人の、心浅さよ」（故藤壺への回想）

花やもみぢの華やかな美しさも充分に味わい尽した今は、冬の夜の澄んだ月にちらちら降りかかる雪の、白ささえあやしくもうこの世のものではない色のない世界にきてしまった、すさまじいまでに純化された色なき色にまで来てしまった。それを心にとめない人の心浅さよ、となげく烈しいことばである。それをあわれと呼ぶには凄すぎる。源氏物語がここまで極限の色を映し出すとは思わなかった。しかしそれこそが色彩文学の到達する境地だと今思う。

「源氏物語は、色彩から「あはれ」がうみ出される段階にまで色彩を高めていくことを可能ならしめた。その色彩はすべての色彩を含み、それを越えた色彩の極限の世界の色なきものであり、そこに無上の美的情趣としての「あはれ」がうまれるとしたのである。

すなわち、文学において色彩というものがここまで到り得ることを知らされた。

源氏物語によって捉えられた「あはれ」の生れる究極の色彩「色なきもの」はやがて中世の幽玄の世界への端緒となるのではないかと推測される」と。

「あはれの色相」の章の中で伊原さんは結んでいる。かねがね胸のどこかでは思っていたことではあっても、この伊原さんの導きがなければ到底考え及ばなかった。無彩色の白黒の領域からさらに色なき色にまであわれの世界を展開し、その文学の筆をすすめた作家が世界で唯一人、紫式部である。

一人の学者が生涯かけてこつこつ研究に研究をかさね、源氏物語を「色彩を骨子とする文学」であることを発見し、仰ぎ見る峰々の一つ一つを踏破してようやく最後の峰、「あわれ」の境地に到達した。そこは思いもかけず色なきものの世界だった。「匂ふ」も「うつろふ」も「なまめかし」も、降りそそぐ花びらのような色彩の渦にまきこまれて、道をまどうほどであったが、次第に色はうすれ、薄明の中に「あわれ」が浮び上ってくるのである。

私は年を経て思うのであるが、若い頃から伊原さんの本は何どとなく読んだ。感銘をうけつつ仕事をしてきた。ようやく日本の色について拙いものを書こうと思った時、はじめて浮び上ってきたものは意外に深い思想であった。

この書の中にまだまだ私を呼び覚ますものがある。

それは日本の文化の闇にまぎれてみえる姿である。御簾ごしにかいまみるこの色彩世界の無量の深さである。

さらに水墨の世界は滔々と流れをなして、どこへすすんでゆくのか、伊原さんは「墨蹟の光輝の発見」へと研究をすすめる。

王朝の華麗な色彩は行き尽すところまで翼をひろげ、その上空をはるかに乗り越えたところに思いがけず白黒の世界を発見した。それは源氏物語において墨蹟の世界だった。

いわゆる墨つき、墨の濃き、薄きその色合、めでたう、らうらうし、ほのか、たどたどし、艶、という表現、その文字をかく色紙の白、青摺、紫、青鈍、などとの調和、その人物の心情をもあますところなくうつし出しているのである。

源氏が女三の宮のしとねの端に巻文をみつけ、それを何気なく読んでみると、「御覧ずるに男の手なり、まぎるべき方なく「その人の（柏木の）手なりけり」とみ給ひつ」とあるように、文と人がまぎれることなく一体となってこの悲劇を実証してしまうのである。

「あをにびの紙の、なよびかなる墨つきはしも、をかしくみゆめり」（朝顔）
「浅からずしめたる紫の紙に、墨づき濃く薄くまぎらはして……」（須磨）

平安朝は最も書道の隆盛がみられ、日本三蹟などもあらわれた時代である。

「御手をならひ給へ」というのが当時の女子の第一の教養であった。日本の物語の中で源氏物語にはじめて墨蹟の美が登場してきた。

というのは、梅枝の巻には書道についての論議がかわされている。何よりも紫式部が能書家であったということは、久海切という伝紫式部筆の名品がのこされていることで知ることができる。絢爛たる色調が次第にうつろい、あわれに至って、暗く沈潜した墨色の色ともいえぬ悲傷の世界へと流れ来《き》たったということは、紫式部の飽くなき人間性への探究にあった。

しかもそこで「紙墨光精」と評されるほどの藤原道長をはじめ多くの能書家が、墨、紙、筆等に最高の審美眼をもって書道の真髄をきわめていた背景があることも大きく影響しているように思われる。

絵合の巻で左（梅壺方）、右（弘徽殿方）が絵あつめで競い合い、なかなか勝負がつかない時、左方が須磨の巻をさし出した。かつて源氏が須磨に流された時、心のかぎりに思い澄ませて静かに書いた墨絵をみて一同は心打たれ、華やかな彩色の一切ない、有能な墨書家もおそれをなしたという墨絵に圧倒されて涙とどめたまわず、他のものをおしゆずって勝った、というくだりがある。

さらに供養のために書かせた経巻の、「はしを見給う人々、目もかがやきまどひ給ふ。け（罫）かけたる金の筋よりも、墨つきの、うへに輝く様なども、いとなむ珍らかなりける」（鈴虫）。罫をひいた金泥の線よりも料紙の上で輝いてみえたという墨色。これは私もはじめての経験で、金色より墨一色の方がまさっているとは驚くほかはない。経巻などでみる紺紙金泥などは色彩の美の極限と思っていた。しかし金にまさるものがある。

それは今まで聞いたこともなく、見たこともない、墨色である！　まさに新しい美の発見というか、墨の色をこんなに光輝あるものとして崇めた人が今までにあるだろうか。華やかな装束を脱いで喪に服し、鈍色のうすものをまとった源氏の姿に常にまさる美しさをみるのも、「着なし給える人がらなめり」といわれるように、派手な彩りを一切なくして墨一色で描いた絵が何にもまさるものであった、というのも、それを描いた流離の哀しみにある源氏の人がらである。単に墨色が美しいのではない。

王朝の文化を織りなす人々の思いのたけの深さ、美意識の高度な洗練によって物そのものが輝くのである。そこに紫式部は根を据え、新しい美を創造する。すべてを切り捨てた色なき色、墨色の世界に人間の魂を輝かせたのである。

源氏物語絵巻の「御法《みのり》」に死を目前にする紫の上と源氏、明石の中宮が描かれ、前栽《せんざい》の萩、薄が秋風になびいている。その全体を覆っている悲愁の色は滅紫である。まさにほろびゆく紫の上を物語ってあますところがない。しかしそれ以上に怖ろしいほど物語っているものがある。詞書である。

「消えゆく露の心地して、限りに見たまへば、……明けゆくほどにたえ果てたまひぬ」

細まりゆく紫の上の息づかい、絶え絶えにかさなり合い、訴えるごとくにして消えてゆく、まさに狂おしいまでの乱れ書きでありながら、これほどにも美しく文字が生きもののごとく打ちふるえている。千々に砕け散るかとばかり料紙の上を漂いさまよっている。

すでに亡くなって久しい紫式部は知るよしもないが、この詞書の墨色の線の美しさ、妖しさこそこの作者の心情ではあるまいか。後世に伝えられ、世々に人々の心底に深く浸み透る日本の美、誰も到達なし得なかった色彩の文学の頂点をここに見る思いがする。

白夜に紡ぐ

ドストイエフスキイ・ノート

ずっとドストイエフスキイのことをかきたくてここに来ているのになか〳〵
筆をすゝめられない。かきたいことは一杯あって、ありすぎて、
どこから手をつけていいのかわからない。朝の目ざめに胸に潮が
満ちるように湧いてきて、このことも是非かきたいと思いながら
その前提としてあれもかゝねばならぬ、もう少し読みこまねば
ねばならず、などと思いくしている。実際あまりに大きく
深すぎるので、二三日前のカラマゾフの上巻の「小屋での
病的な興奮してすゝすがしい、大気の中でも を一気によみ
もうこの章だけでもどんな偉大な小説にもまさる、と
心をかきむしられるような哀しみで一杯になってとても
私なんかの生半過な筆では表現しきれない。

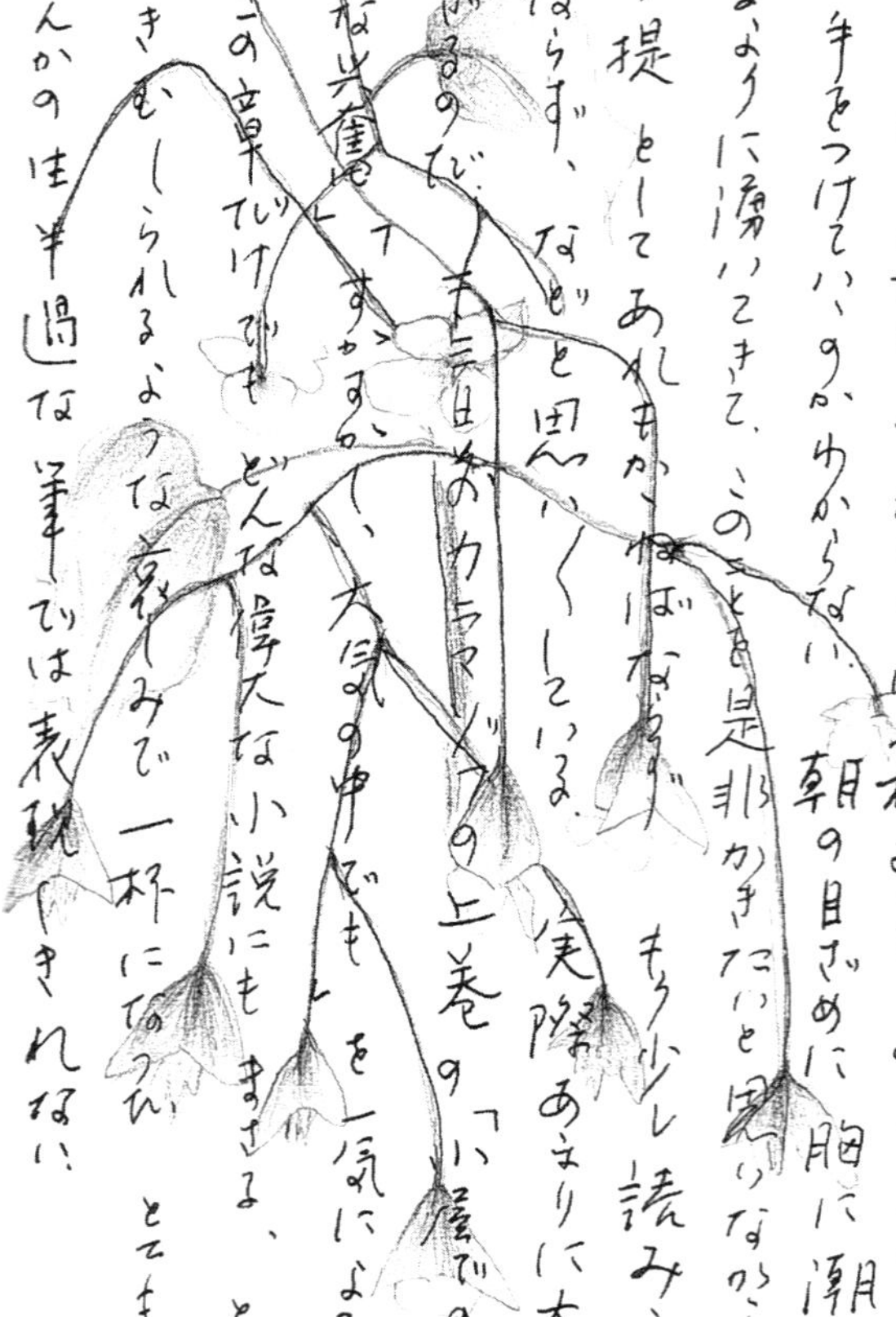

サンクト・ペテルスブルグの街角で

一九九七年十二月、ドイツ、ロシヤ、北欧への旅のことだった。

ハノーヴァから機上に打つ、しゃらしゃらという音をきいた。窓外はまっ白、機が下降しはじめると雪原の大地、細い鋭い線で描かれた銅版画のような森や田園に、しがみつくように小さな家々がみえる。荒涼とした風が吹く、これがロシヤだ。わけもなく心が吸いよせられてゆく。なぜこんなに魅かれるのか、積年の夢にみたロシヤの大地にようやく降りようとしていた。

古びた相乗りの車にのって、サンクト・ペテルスブルグの街に入る。林をぬけ、広場や街路樹をとおりすぎる頃、町は白いこまかなレースのような粉雪につつまれて、人々の寒さにちぢまって歩いている様子が、遠い国、時代さえも遠ざかったかと思われた。

大ネヴァ河の岸に立ち並ぶ壮麗な宮殿、貴族の館、教会の尖塔、両岸を結ぶ橋の見事さ、「世界でいちばん美しい町」といったゴーゴリの言葉のとおりだ。

やがて街中に入って、ふと角を曲ろうとした時、「ここがドストイエフスキイが『悪霊』を書いた館です」と案内の女の人が言った。

その時、私の中に突然何かが飛び込んできたように、古い記憶が蘇った。烈しい衝動が体を貫いたような気がした。予想もしなかった感慨がこの街にいる間中、私を襲い、まるで憑かれたようにドストイエフスキイに引きこまれた。

ネフスキイ通りの人の群に、橋の上で物乞いをする老人のふるえる姿に、まるで作中の人物がそこにいるかとさえ思われ、思い悩み、苦難に打ちひしがれてたたずんだであろうラスコルニコフや、薄汚い暗い地下の居酒屋から酔いどれたマルメラードフが立ちあらわれる姿がすぐそこに見えるようだった。

どんな異国の街角でこんな思いをしただろう、パリでも、イタリアでも、身の疼《うず》くような、浸みつくような思いは決してしなかった。冬のペテルスブルグ、凍てつく中に老境の私がよくもやってきたものだ。夢か、いやあの雪原の大地をみたとき、なぜこんなにもロシヤを好きなのかと問うてみた自分は今、ここがドストイエフスキイを産んだ土地だと、あの数々の小説がこの街で書きつがれたのだと、ようやく思い至る。今日までの年月に刻印された深い感慨が一気に噴きあげてきたような思いだった。

もう一ど読みかえそう。帰国するとすぐに、文庫本の全集を求め、どこへでも持ち歩いて読んだ。もう肌身はなさず、インドへも、トルコへも、どんな小旅行でも、自分の個展の最中でも読まずにはいられなかった。自分でも呆れるほど集中して読む速度も早かったように思う。

日々の染織の仕事、取材、来客、展示会など忙殺される中で、やっと夜仕事を終えて自室にもどり、本を手にする時の喜び、ラスコルニコフに、ムイシキンに、ドミトリーに、アリョーシャに会える、たとえようもなく、まさに至福の時だった。

一年ほどで全集を読み終ると、すぐ二ど、三どとよみかえす。ほかの小説でそんなことができようか。何年目かに思い返して読むことはあっても、今終った小説をすぐよみかえすとは、まるで恋人にまた会いたいと思う気持か、こんな年してどうしちゃったの、と私は自分に問い返す。

ほかの本があまり読みたくない、大好きな谷崎潤一郎ですら色あせる。しかも二ど、三どまるで新鮮なのだ。全く新しい小説をよんでいる気分、人物描写と会話の延々と続く中に、まるで新人物が登場したかのような、あゝやっと謎が解けたというか、かくされた作者の意図がようやくここで結ばれたというか、複雑巧妙極まるサスペンスよりさらに精妙で宗教性が高く、深遠で、あゝもう言葉がない。

あの吹雪の中、ロシヤの大地をはじめて見た時、胸がいたくなったのは、あの大地にひれ伏し、口づけした青年がいたから、ドストイエフスキイの産み出した人物があの大地にいたからだと。

エルミタージュ美術館の暗い階段を下りてくる彫の深い憂わしげな青年が、貧しくとも誇り高く生きている、日本の豊かな社会に甘えて生きている若者には決してない潔白な暗欝な美しさに思わず目を奪われた。

館の食堂で一皿だけのキャベツの酢漬けを食べていた人々も、なぜか誇り高い市民という香りをもっていた。

ネヴァ河の畔に浮ぶ小さなホテルに宿っていた時、朝対岸に霧につつまれた要塞がみえた。ペトラシェフスキイ事件で囚われたドストイエフスキイが監禁されたであろう陰惨な洞窟のような要塞があれではないかと胸に浸みた。ネヴァ河の流氷がさまざまな形をなして流れてゆき、時々音をたてて胸をさわがせるのだった。

ペテルスブルグを去る時、燃えるような真紅の夕空だった。教会の尖塔や宮殿の森が漆黒のシルエットで浮び上り、その時雪はなかった。

虫喰いの頁

あのロシヤの旅以来、こんなにドストイエフスキイにとりつかれてしまって夜も日もないとは、——自分でも予想しなかったことだ。

まだ私が文化学院にかよっていた頃。昭和十六年、十七歳だった。

大東亜戦争がはじまった年だ。

その頃、三笠書房の赤い表紙の、ドストイエフスキイ全集を兄からおくられて、『カラマーゾフの兄弟』を読みふけった。

中山省三郎訳とおぼえているのは、あれから六十数年、度かさなる転居、海外からの引揚、神戸での罹災、などにもかかわらずふしぎにも生きのこったこの一冊。

『カラマーゾフの兄弟・上』を偶然書架の片隅に見つけた時の驚き、よくぞ生きのびていてくれた、と私は思わず抱きしめたい思いだった。昭和十四年発刊とあるその表紙はもうボロボロで、小桜模様の千代紙で補修してある。戦火の中、よく持ち歩いたものだ。藁半紙のように黄ばんだ頁はふれればやぶけそうである。私は頁を繰りながらいとしいものをそっとなぜるように読んでゆく。

一巻の終り近く、イワンがアリョーシャに、自作の「大審問官」を語りかける前のところに来ると、本の虫が数頁喰いあらしている。それを一枚一枚やぶれないように細心の注意をはらってはがしてゆく。その虫喰いの頁が何だかふしぎに美しくて、繊細な花形に喰いあらされている。こわれやすい透し模様のレースのようなその頁をよくみると、全頁にわたって赤鉛筆の線が丁寧にひいてある。稚ない私がどんなにそこを感動をもって読んだかまざまざと思い出された。

「お前に分るかい。まだ自分がどんな目に会わされているかも理解できない小っちゃな子供が、暗い寒い便所の中でいたいけな拳を固めながら、痙攣に引きむしられたような胸をたたいたり、邪気のない素直な涙を流しながら、「神ちゃま」に助けを祈ったりするんだよ。——え、アリョーシャ、お前はこの不合理な話を説明できるかい。（中略）

認識の世界全体をあげても、この子供が「神ちゃま」に流した涙だけの価もないではないか、僕は大人の苦悩のことは言わない。大人は禁断の木の実を食ったんだから、どうとも勝手にするがいい。みんな悪魔の餌食になってしまったって構いはしない。

僕がいうのはただ子供だけのことだ。」

イワンはある将軍が愛犬を傷つけたという理由で、母親の前で九つになる男の子を犬に喰い殺されるのをみせつけるという惨忍極りない光景を語り、

「すべての人間が苦しまなければならないのは、苦痛をもって永遠の調和を贖うためにしても、何のために子供がそこへ引合に出されなければならないのか、お願いだから聴かしてくれないか（中略）、もし天上天下のもの悉くが一つの讃美の声になって生きとし生けるものの、嘗て生ありしものすべてが抱き合って、「主よ、汝の言葉は正しかりき」と叫んだ時、全世界がどんなに震撼するかということも、僕にはよく分る。また母親が自分の息子を引き裂いた暴君と抱き合って、三人の者が涙ながらに声を揃えて、「主よ、汝の言葉は正しかりき」と叫ぶ時には、それこそ勿論、認識の極致が到達され、一切のことが明らかになるのだ。ところが……僕はそれを容認できないのだ。（中略）より高き調和など平にご辞退申上るよ。そんな調和はあの臭い牢屋の中で小さな拳を固めて、われとわが胸を叩きながら、贖われることのない涙を流して、「神ちゃま」に祈った哀れな女の子の一滴の涙にも価しないからだ。なぜ価しないかと言えば、それはこの涙が贖われることなしに打ち棄てられているからだ。（中略）一体どこに調和があり得るのだ。一体この世界に許すという権利を持った人間がいるだろうか。僕は調和は欲しくない。つまり、人類に対する

愛のために欲しくないというのだ。（中略）それに調和という奴があまり高く値踏みされているから、そんな入場料を払うことは僕らの懐具合に合わないんだよ。だから僕は自分の入場券だけを急いでお返しする。」

このイワンとアリョーシャの会話が、十七歳の魂に深く喰いこんで、まるで虫喰いの花形のように私の心を蝕んでいたのだ。

その後六十年の間、この数十頁の内容の重さ、暗さは、時として思いがけぬ光を放ち、人間の根源に鋭く突きささって、一人の人間、ドストイエフスキイの担っているものの測り知れない絶望、狂気、慈悲などが私にも刻印されたのだ。思えばずっと虫喰いの頁は私の魂に巣喰っていたのだ。おそらくビスケットかおせんべいをかじりながら読みつづけた頁に粉が落ちて本の虫がよろこんでそれをたべて棲息し美しい花形をつくっていたのだろう。

まだ確とした思想や理念をもたず、いわば、これから人生の幕が明けようとする時、人間の業の深さ、無抵抗なものへの惨忍さ、茫漠とした闇のひろがる前途に怖れをいだいて、その中で唯一、求めてやまない人間への愛、慈悲の思いが、あの雪のペテルスブルグの衝撃につながっていたことを思い合せるのだった。

ドストイエフスキイが貧苦のどん底で借金にせめたてられながら執筆していたあの館の前をとおった時、一筋の糸が身内を貫いたのであろう。

虐げられし人々

（一）祖父の帽子

「夕方、たそがれ迫る直前に私はヴォズネセンスキー通りをゆっくり歩いていた。私はペテルスブルグの三月の太陽が、わけても落日が好きである。いうまでもなく、澄み切った厳寒の夕べの落日だ。鮮やかな光りを浴びて通り全体がにわかにキラッと輝く。建物という建物が突然光りを放つようにみえる。建物の灰色や黄色や、薄汚れた緑色は、一瞬その陰鬱さを失う。なんとなく気分が明るくなり、身内が震えるような、だれかに肘をつつかれたような感じに襲われる。

新しい物の見方、新しい思想、……

わずか一筋の太陽の光りが人の心をこれほど動かすとは全く驚くべきことである。」

『虐げられし人々』の冒頭のこの一節。

何かこれからはじまる物語のすべてを含んで静まりかえり、暗い町角の片隅に一瞬光りが射し誰かに肘をつつかれたような、身内のふるえるような感じにおそわれる、まるで読者の胸さわぎを予告するようである。

かつて私も秋の落日が庭の隅々まで狂ったように紅に染めた一瞬、胸を突かれたような物哀しい不安に襲われたことを思い出す。

この世ならぬ一瞬を垣間見る、それは何ごとかを、或は自分の運命を予告するかのようにして消えてゆく、秋の夕べの光り……。

さて、本題の、『虐げられし人々』の頁は開かれ、老人につき従う痩せ細った老犬（アゾルカ）の死が、そこだけ切りとられた名画のように浮び上る。なべて小説の冒頭のシーンは、その小説の運命を象徴するかのように、まず読者の胸に抜きさしならぬ衝撃をあたえる。十代に読んだ印象が今日に至るまで鮮明に刻みこまれている。

この小説の梗概《あらすじ》をここに書いても何になろう。本物を読む方が何百倍もよいにきまっている。にもかかわらず私がこの小説を身内のように愛してしまったためどうしても小説の主人公や恋人、小娘ネリーのことを書かずにはいられない。

もうとっくに死んでしまった亡骸《なきがら》のように干からびた異様な姿の老人と犬、もう何日も何も食べていないのはあきらかである。喫茶店の片隅にこの骨と皮の目ばかりギョロッとした不気味な老人と犬は坐っている。主人と同じく骨と皮にほんの少しばかりの毛をくっつけて老犬は影のごとく忠実に主人につき従っている。しかし、ふと気がつけば老犬は主人の足もとですでに死んでいる。老人は愕然として放心したように町へ出てゆくが、すぐ曲り角で倒れてしまう。偶然そこに通り合わせたワーニャ（イワン・ペトロヴィッチ、この小説の主人公）は、助けおこすと、老人は「ワシリェフスキイ島、六丁目」という言葉をのこして死んでしまう。ワーニャはこの日下宿をさがしていたのだが、老人ののこした貧しい屋根裏部屋が気に入って借りることにする。

老人が亡くなって五日目の夕暮、戸口のところにやせこけて目ばかり異様に光る十二、三歳の少女が顔をのぞかせる。「おじいさんは、アゾルカは」と聞く。ワシリェフスキイ島六丁目からたずねてきた孫娘のネリーだった。この娘の母親を、亡くなった老人は一人娘として何ものにも替えがたく愛していた。併し美しく成長したその娘はある公爵に全財産ごと奪われ、娘は父親の血を吐く思いを裏切って公爵のもとへ走り、子を産み、あげくの果てにぼろ裂のごとく捨てられ、肺を病み、ペテルスブルグの裏町で乞食をしながら娘を養っていた。が今は、ネリーが乞食をしながら母親の看護をし、やっと祖父の居所をたしかめて、どうか母親を許してくれ、病床の母親に会ってくれと何ども何どもたのむのだが、老人はがんとして許さない、少女をつきとばし追いかえす。とうとう母親の死が目前に迫り一目会わそうとネリーは祖父の手をとって無理やり走り出す。

ネリーの述懐。

「母の最後の日、夕方頃だった。ママは私の手を握って、私は今日死ぬよ、ネリー、といってもう口がきけなかった。私の手をしっかり握っていたけど私はその手をふりほどいてかけ出した。お祖父さんの部屋についた時、私の顔をみるとお祖父さんはガタンと椅子から立ち上り、まっ青な顔をしてガタガタ震え出したの。私が一言、「もうすぐ死ぬわよ」といったらとたんにステッキを摑んで走り出した。寒い日だったけど帽子をかぶるのも忘れて、私は帽子をとってきてかぶせてあげた。私たちは馬車に乗るお金もなくて走ったの。お祖父さんは息が苦しくなってパタンと倒れ、帽子はとんじゃったの。また帽子をかぶせて手をひいてやっと家についた時、もうママは死んでいたわ。それをみるとお祖父さんは両手をパチンと打ち合わせてぶるぶる震えて枕元にしゃがみこんだの。何にもいわないの。それで私は死んだママに近寄ってお祖父さんの手をとってどなってやった。「人でなし、意地悪、見なさい、ほら見なさい……よく見なさい」って。そしたらお祖父さんは悲鳴をあげて、死んだみたいに床に倒れたの。」

ネリーは重い病の床でようやく母のことを語り出した。

ワーニャは貧しい小説家で病身なのでとてもネリーをひきとって養うことはできなかったが、哀れなネリーを放り出すことができず、服を買ってやったり、病床のネリーの看護を一心にしてやっていた。

ネリーは癲癇病《てんかんや》みで鬱《うつ》病で、ひねくれて意地悪である。ワーニャは何ども何ども裏切られ、煮え湯を飲まされたがそれでも親切にしてやるのだった。やがてネリーは氷が溶けるように次第に心の扉をひらき、恥ずかしそうにワーニャに笑顔をみせ、時には甘えるようになってきたのをワーニャは何ともいじらしい思いで見守っていた。いつしかネリーはこの世でたった一人ワーニャを愛するようになる。

痩せ細ったネリーは自分の死期を知って、

「死の三日前、美しい夏の夕暮に、少女は日除けを上げて寝室の窓をあけてほしいと言った。窓は庭に面していた。植物の濃い緑や、沈みかけた夕日を少女は永いこと眺めてから突然私と二人だけにしてくれと言った。

「ワーニャ」すでに大分弱っていた少女はやっと聞えるような声でいった。

「私もうじき死ぬわ。だから私の言うことを憶えていて、あなたに形見にこれをのこしてゆくわ」少女は自分の胸に十字架と一緒にかけていたお守り袋を指さした。

「これは死ぬときママが残していったの。私が死んだらこのお守りをはずしてネリー、あなたが持っていてね。そして中に入っているものを読んで頂戴。それを読んだら、あの人のところへいって私は死んだけどあの人を許さないって言ってほしいの。聖書には汝の敵を愛せよって書いてあったけど私はあの人を許さない。だってママは死ぬ前に、「あの人を呪ってやる」って言ったのですもの。私もあの人を呪うの。自分のためじゃない、ママのためよ。」

ネリーのお守り袋の中には母親が公爵にあてた手紙が入っていた。

「この子はあなたの娘です。私が死んだらあなたのもとへこの手紙をもって行くようにいいつけました。もしあなたがネリーを追い返さなかったら、私はたぶんあの世であなたを赦しましょう……。」

しかしネリーは母親の遺言を守らず、あの人を呪って死んだのである。どんなに貧しくのたれ死してもあの人の世話にはならないと、かたく決心したのだ。

私は何だってこの小説の結末を性急《せつかち》に記そうとしているのだろう。読者にとっては迷惑かもしれない、と思いながらなぜか私の筆は止まらない。私が語りたいのはお祖父さんの帽子だ。ガタガタ震えながら家をとび出し、息が止まりそうになって帽子をすっ飛ばして倒れる。最後の娘に一目会いたい、なぜ、なぜ許してやらなかったろう、何て頑固な、愚かな父親、呆れかえって腹も立たない。

少女の母親も愚かだった。実に愚かで同情すらできない。すべて手遅れだ。人間の犯す罪、人間のひきおこす悲劇なんてこんなお粗末なものか、どこかでせせら笑う声さえ聞こえてくる。じゃなぜこんなにも私は哀しいのか。震えるほど老いた父親の気持が伝わるのか。頑固一徹で自分の誇りばかり大事で、掌中の珠のごとき娘が忘れられず、自分を見捨てて悪辣な男のもとへ走った娘をどうしても許せない。そのくせ一日一刻も忘れられず思っている。そのために自分もぼろ裂みたいに老いさらばえて、とうとう死に目にも会えず、すべてが手遅れの人生だった。

ネリーにしてもそうだ。なぜ父親のもとへ行かないのか。そうすれば母親は公爵を許すといった。併しネリーは許せない。母が呪っている男は自分も呪うのだと。その一徹さ、これも祖父ゆずり、母親ゆずりなのか、でも人生には許すに許せないものがある。それがなぜか心を射る。笑われようが、蔑まれようが、譲れないものは譲れない。身をひきちぎられるほど純粋なまじりけのない心の持主達なのだ。ドストイエフスキイの愛してやまない人とはこういう愚かな手遅れの人達なのだ。

十七歳の私が、母をはじめて知った時、母が「虐げられし人々」の本をもってきて、私に言った。

「ここのおじいさんが夢中で死にかかった娘に会いにゆくところをな、あの帽子をひっつかんで走るところをな、思わず本を閉じて泣いたんや、こうして本を伏せて……」

とその言葉が今もよみがえる。

思えばこの私の一家も愚かな手遅れの人間の集りだったような気がする。

（二）　窓枠の目張り

この物語は別にもう一つ微妙にからまり合いつつ重層している物語がある。

主人公ワーニャは孤児で、幼い頃イフメーネフ一家にひきとられ、そこで大事に育てられた。イフメーネフ家の主人、ニコライ・セルゲイッチはまことに品性の高い、率直で単純でお人好しの人柄、妻のアンナ・アンドレーエヴナは愛情豊かな夫人である。

この夫婦には玉のような美しい気立てのよい娘ナターシャがいる。それは春の日だまりを思わせる平和な心あたたまる家庭である。ワーニャとナターシャは幼友達。ナターシャは三つ年上のワーニャを兄のように慕い、ワーニャは全身全霊でナターシャを愛し、見守っていた。

そこへこの一家に悲劇がおそう。世間知らずの無類のお人好しのニコライ・セルゲイッチは、ある公爵にひとたまりもなく欺され、全財産と土地を奪われ、田舎から訴訟をおこすためにペテルスブルグへやってきた。その狡知にたけた悪辣な人物とはあの公爵、奇しくもあの老人をだまし一人娘をうばった孫娘ネリーの父親である。しかももう一つ避けがたい悲劇がかさなる。公爵の息子アリョーシャにナターシャが恋をしてしまう。

アリョーシャは気のよい無責任な男、ナターシャは反対する父親を裏切り家を出てアリョーシャのもとへ走る。父親イフメーネフは憎んでもあまりある公爵に決闘もいとわず、娘の身を案じて身も世もなく嘆くあまり、かえって一人娘を呪い、決して許さず、一家はどん底にたたき落される。ワーニャはナターシャの身を案じて、自分の病身であることも忘れてナターシャのために力になり奔走するが、やがてアリョーシャはカーチャという恋人をつくって、ナターシャを捨てる。そういう娘の身を案じて父親は口では呪い殺してやるとばかり娘を罵っているが、ひそかに娘の肖像の入ったネックレスを抱いて涙にくれている。ナターシャはそれでもアリョーシャをあきらめきれず身も心もぼろぼろになってようやくワーニャの助けをうけて父親に再会する。

と書けば何かおきまりの筋のようだが、実は複雑に入り組んでいる。ワーニャが助けてやったネリー、ワーニャが偶然出会った老人と犬、老人を裏切って公爵のもとへ走った娘、それらの人物がこのイフメーネフ一家とからみ合い、やがて重病のネリーはイフメーネフ夫婦に助けられ、娘にも及ばない手厚い愛情をうけるようになる。ネリーの死の三日前の遺言はこのイフメーネフの家で語られたのである。ネリーは亡くなり、ナターシャも今は両親のもとへ帰ることになる。

ワーニャと別れの日、ナターシャは言う。

「ワーニャ、夢だったのね」

「何が夢だったの、ナターシャ」とワーニャは言った。

「何もかも、何もかもよ。この一年のすべてのことよ。ワーニャ、なぜ私はあなたの仕合せをこわしたのかしら。私達一緒になったら、永遠の幸せが訪れるかもしれなかったのに」

と言ってナターシャは別れを告げる。

すべてが終ったあと、ワーニャはペテルスブルグの病院にいる。

「こうして今、病院にいて、どうやら死期も近いらしい。もうすぐ死ぬとしたらなんのためにこんな手記を書くのだろう。

私の生涯の最後の一年、この重苦しい一年間のことが、次々とそぞろ思い出される。それを今、すべて書きとめておこう。この仕事がなかったらわびしさのあまり死んでしまっただろう。この過去のさまざまの印象は今も痛いほど、苦しいほど私を興奮させる。ペンをとればそれらの印象はもっと冷静になり、秩序だったものになり、譫言《たわごと》や悪夢も少しはすくなくなるだろう。

それらは私の内部にひそむかつての作家的習性をなだめ、冷静にし、揺り動かし、私の回想や病的な夢の仕事を労作にふりむけてくれる。そう、私はうまい仕事を思いついたものだ。それに病院のインターンにもいい贈り物になる。冬になって窓の二重枠をはめる時、私のこの原稿はせめて目張りの役に立つだろう。」

このワーニャの最後の独白は寂しすぎる。併しこれはドストイエフスキイの心の中の独白とどうしていえないことがあるだろう。ドストイエフスキイは今になってみれば世界に類をみない大文学者であるけれど、心の中はいつもみじめで侘しく、自分の原稿が冬になれば窓枠の目張りしかならないのではないかと思い、一方で名声をうけ次々と長編小説を書きつづけていたが、現実の生活は身心共にすり切れ、ぎりぎりの瀬戸際で明日の糧のために原稿にしがみつき眠れぬ夜をすごしていたにちがいない。

私はもう何ど目かの『虐げられし人々』なので、いくらか冷静に、批判的に読めるかと思っていたが、この年になって愚かしくも作中にまぎれこんで時に涙している自分を発見する。勿論私は甘い人間だ。すぐさま感動する。ここ二、三年どっぷりとドストイエフスキイにつかり、もういい加減冷静に読むべきであるのに、とくにこの『虐げられし人々』は感情を揺さぶられる。

ここに「父と娘」と書いた私の手記がある。数年前のものである。

「二〇〇二年四月　再び何ど目かの『虐げられし人々』を昨夜読了した。全く新しいものを読むかのように、またしても魂をゆさぶられ、胸の中がぐっしょり濡れてしまった。

自分がそんなに感傷的な人間とも思わないが、少々滑稽なほど、作中の人物、ワーニャ、ネリー、イフメーネフ一家にもうお別れかと思うと一頁一頁速度を落して読み、何か親愛な家族の一員として別れを惜しむがごとくになってくる。

この小説の骨子はどうやら父と娘の絆にあるような気がする。父親の愛しすぎた娘、その裏切り、当然のこととして他の男のものになるにもかかわらず、父親にとって娘は永遠に自分の娘、恋人なのである。

およそ男女の愛の深さにおいて父親の娘に対する情愛はたとえようのないもののような気がする。恋愛も夫婦の愛も、窮極この愛の原型に深まってゆくのではないかとさえ思われる。勿論異論はあろう。それは男の一方的な愛、女親の場合はどうなる——と。

ただ何の理窟もなく、守ってやりたい、いとしまずにはいられない、この可憐な花のような存在を自分が守ってやらずにどうする、という父親の頑固な、勝手きわまる情のゆきすぎ、愛と離反、一本の糸を両端でひっぱり合って父親は必ず裏切られるのだ。

そんなことはよく分っていても、胸にこたえる。遠い日、私もその絆を截ち切って家を出て行った娘だった。嫁ぐ日、電車の中に重要な書類を忘れたと帰ってきた父の悄然とした面影と重なってくるのだ。自分こそが守ってやるとしっかり握っていた糸が截ち切られたのだ。

死の家の記録

暮に仕事を終えると、少しの食料をもって山の小舎へむかった。雪にすっぽりつつまれた谷間の一軒家、ここにこもると私は少し別の人間になって、いくらか妖精や魔女とつき合いができそうな気がする。

ここで暮から新年にかけて『死の家の記録』を読むのが今私の唯一の願いだ。誰にわずらわされることなく朝から夜まで、本と向き合えるよろこび、何にもかえがたいものだ。併しあたえられたこの一冊の書、こんな山の中で老女がひとり読むのはきつすぎた。時々胸が苦しく辛くなり本を閉じた。あまり苛酷なところは目をすべらそうとしたがそれはできなかった。精神を立て直し、再び読む。心が弱りくじけそうになるのをこらえこらえて読む。ドストイエフスキイがどんなに強靱な精神、透徹した魂をもって、これを書き記したか、それを思うとくじけてはいけない、甘えてはいけないと思う。

読みすすむに従って私自身囚人になって牢獄で生活しているような気になって、すさまじい人生の縮図の中にまぎれこんでしまうようだ。罪を負った人の背後にある世界の千差万別、ひとりひとり暗く複雑な社会にもみくだかれてやっとここにたどりついた、陰惨な刑務所の中で再びくりかえされる底知れない人間同士の窮極の相剋、よくもここまで描き切ったものだ。極悪非道な殺人者も強盗も、政治犯もこそ泥も、すべてがごった煮のような、饐《す》えた、きな臭い、泥沼の中で人々は狡《ずる》がしこく、惨忍で、いやらしく、傲慢で、自惚れやで、気取りやで、臆病で、しかも信心深く、無類に優しく、純で、情にもろく、慈悲深く、天使のようで、何とひとりひとりこんなにも色とりどりの人間がいるものか。ドストイエフスキイのような人だからこそそれがわかる。一人一人を見事に立ち上らせる。

『死の家の記録』は単に記述でも調査でも小説ですらなく、そこにドストイエフスキイが天性の叡智に真珠のような愛を縫いこめ、一つの大壁画のように、牢獄が一つの大曼陀羅のように描き出されているのだ。牢獄で生きてゆく智慧とは何か。すべてがあまりにむき出しで敵中に素裸でほうり込まれたような状態、全神経をはりつめて四六時中寝ている間も油断なく、いつどこから毒虫がはいよるか、刃が突きささるか、そんな中でも実に陽気に、天性朗らかな人もいる。どうやって生きる智慧をさぐり当てるのか、恐ろしく冷静に他人ごとのようにえぐるように書きすすむ。とくに後半「病院一、二、三」のあたりにくると描写は苛烈をきわめ、筆が文字の中に喰いこみ、私は心をえぐられつつ憑かれたように読んでゆく。

これほど悲惨を容赦なく描き切った人がいるだろうか。病院の中は終日救われようのない呻き声、血の匂い、膿、ただれ、垢のかたまり、病菌が蔓延し、水さえ一日で腐る。酷寒の凍るような中でありながら、そうした極限の中で人は死んでゆく。骨だけになって足枷だけが骨につながれて、死体となった時はじめて足枷が音をたててはずされる。すぐとなりに瀕死の病人がその音をきき、うめきながら寝返りを打つ。肉にくいこむ足枷をどんなにはずしてもらいたかったろうか。それがはずされるのは死体になった時だけだと。いずれ間もなく自分も同じ運命をたどる。どうかして逃亡しようと夢に描いた日もあったと遠い日を思い出す。その死んだ囚人は入院の時、二十三、四の端正な顔をした目の美しい物静かな青年だった。みるみる痩せ細り、空虚な目をみひらいて呻きつづけて死んでいった。病室から死体がはこび出される時、誰かが叫んだ。

「こいつだっておふくろはいたんだ」と。

逃亡に失敗し、笞刑にあうむごたらしさ。皮がはがれ、骨がむき出しになって死人のようにぐったりすると十日ほどの治療期間をあたえられ、またひき出されて百回、千回、耐えきれず死ぬものもあり、雄々しく弱音をはかず刑をうけるものもある。執行人はなかば快感に酔って打って打って打ちまくる。もっともむごいのはキリスト様のもとへ行くのだと最後までだまして死に至らしめる。たとえ千回の笞を受けようとも牢やぶりだけはやめられない。しかしそのはかない必死の願いも空しくさばきを受けて死んでゆく。

年の暮になるとクリスマスの狂乱、人々はどんなにこの日を待ちこがれることか。あまりたのしみすぎて狂人になるものさえ出る。芝居の道具や衣裳は何もない中からどうやって生み出すのか。まるで手品のように細かい舞台装置まで出現する。世界のどんな劇場でも決してみられない奇想天外、どん底の、底抜けの道化師、名優まであらわれる。人間の飽くなき欲望がそこでは狂おしさを通り越してただいとおしくさえなる、とドストイエフスキイは語る。

これらの牢獄に入れられた人は自分を悪いとは思っていない。罰をうけるのは自分が悪いと思って反省しているからではない。この世の中で生きるのにそうしなければ生きられなかった、極度の貧困、迫害、八方ふさがりの社会でこうしか生きられなかった。だから牢獄に入ってほっとしている。出るのは嫌だと。牢獄よりひどい娑婆《しゃば》。しかしその牢獄で盗み、いじめ、だまし、差別、密告、娑婆よりもっとひどい犯罪の密室。刑をうけて、許しを乞う者など一人もいない。牢獄はさらに業を深め、底無しの地獄へ落ちてゆく通路である。何より苦しいのは、一メートルと離れない床にとなりの囚人が寝ている。すしづめの、息をはくのも胸苦しい他人の中、見るのもいやな奴、恐ろしい目がたえずこちらを見すえている。

四六時中の監視、トイレにゆくのも見張りがつく。しかし中には思慮深い老人がいる。信仰あつく常に聖書をよみ夜中祈っている。愛さずにはいられないほどあまりに美しく清らかな青年もいる。思想犯貴族、誇り高く、尊敬されている人もいる。併しそんな人も頭を半分剃られ、顔に焼印をおされて屈辱に身をさらしている。どうしてそこまでおとしめなければならないのか。同じ人間でありながら、刑を執行する者とされる者、ひょっとしたら本当に罪深いのは刑を執行する人かも知れない。無一文で裸でこの極寒のシベリヤの荒野をどうして逃げのびることができようか。それでも逃亡者はあとを絶たず、柵をめぐらしあらゆる手段で逃亡をふせぐ。顔に焼印をおされてどうして生きのびることができるのか。その焼印を消す薬を命のように大事にかくしもっている者もいる。ドストイエフスキイは果てしなく訴える。同じロシヤにこのような世界が存在するとは。

どんなに偉大な魂が、無言で死んでいったか、どんな詩人がひそかに胸の中にくまなく詩を綴って死んでいったか。罪など刑をうけて消えるものではない。罰などうけても人の魂はズタズタに引き裂かれるばかりだ。

果てしない絶望、暗黒、——光はあるのか。

『死の家の記録』はドストイエフスキイが四年間牢獄で体験した記録ではあるが、その中であふれる人間への想いを書き記さずにはいられない。何かたった一つでも光を求めて、まっ暗がりを書きすすんできたのではないだろうか。

この『死の家の記録』の後に書かれた『悪霊』『罪と罰』『白痴』『カラマーゾフの兄弟』などに出てくる人物、『カラマーゾフ』の中のピョートル・パーブロウィッチ（父）、ドミトリイ、アリョーシャ、イワン、スメルジャコフ、ゾシマ長老、『悪霊』のピョートル・スタヴロギン、『罪と罰』のラスコルニコフ、マルメラードフ、スヴィドリガイロフなど、どの人もどの顔もあの囚人の中にいたのではないだろうか。あの死の家を通過して後に大小説が生れたのだと思う。そのためにドストイエフスキイは刑を受け、死を宣告され、牢に入らなければならなかった。誰がこんなすさまじい体験を、思い出すのさえいまわしい獄中の記憶をこうまで鮮明に、克明に描写することができるだろう。いささかも偏らず人間の真実をあぶり出す、人間観察の深さは尋常ではない。どんなに取るに足らない虫けらのような人間も、決して虫けらではなく、こんなにも魅力ある人間として、ひとりのこさず愛さずにはいられない、愛しているからこそ描けるのだ。私はそれを確信し、読まずにはいられなかった。はじめて『死の家の記録』を読んだのは二十歳頃だった。何という暗くおぞましい世界か、二どと読みたくないと思ったのにその中に心のきれいなすごい美青年がいたことだけおぼえている。

あれから五十年、いろいろ人生を体験し、苦しい杯も飲み、愛する人の死にも出会い、ようやく『死の家の記録』を読む資格をあたえられたようだ。この小説はちっとやそっとでは飲み下せない劇薬のようなものであり、うっかり飲んだら殺《や》られそうな毒薬にもなりかねない。心を洗われたり、人類愛にめざめたり、深い思想に打たれたりは決してしない。

天国のかけらもない、生れ落ちるときから笞で打たれ、動物以下にさいなまれ、やっと罪を犯して囚人となり救われたというも束の間、牢中で笞で打たれ辱しめをうけ死んでゆく。どこに救いがある、人間に生れて何だったのか、輪廻転生は果してめぐっているのか、来世ではせめて人並みにということは決してなく、またしても地獄が待っているのだろうか。神は何をしているのか、生れかわりこんどこそ目をかけてくれるのか、神なんてないのか、あまりに不公平すぎる、ひどすぎる、囚人はおとなしくこの生を受け入れようとしているのに、あぁ、――。圧巻は湯屋である。一ど読んだら絶対に忘れられない。この世にあってはならない汚濁のきわみ、想像も絶する穢らわしさ、しかも恐ろしいほどの愉悦《よろこび》の湯あみということの開放感、汗と垢と膿と血と肉の泥沼でありながら、囚人は吾を忘れて湯につかる。もう読むに耐えない。

それならばなぜ読むのか。こんな山の中で新しい年をむかえて心しずかに本を読む、なんてとんでもない、もういやだ、駄目だ。なぜこんな陰惨な恐怖の世界を知らなければならないのか。飲み下せるか、飲みこなせるかの瀬戸際で大きな波が立ちふさがった。私はもう若くはない。もうすぐ八十歳である。もう死はすぐそこに迫っている。いつ死んでもいい年齢だ。その新年に『死の家の記録』を読む、それが私の願いだった。

よくぞ出会った。その時思った。これ以上の小説はない。今後どんな小説を読んでも、いやドストイエフスキイの小説の中でもこれ以上は望めない。私はこの『死の家の記録』を仏典だと思った。この中に諸悪、諸神、煩悩の、生身の人々の朦々たる嘆き、叫び、呻きが渦巻いている。身のよじれるほどの笑い、底抜けの間抜け、それこそ何でもありだ。どんなものでも受け入れよう。目を閉じたり避けたりしてはならない。最後までどんなに辛くても読み終えよう、とことんつき合おう。ドストイエフスキイが書いたのだから、これを身を以て体験した人がいるのだから。私なんて読むだけだ。痛くも、辛くも、体から血が流れもしない、臭い匂いもない、それだけでも読まなくてはならない。千分の一、万分の一でもわかりたいのだ。

それにしてもこの『死の家の記録』を書いた作中人物、アレクサンドル・ペトローヴィッチという人はどういう経緯の人か。貴族出身、妻殺し、教養高くこの上なくおだやかな人柄、シベリヤの小さな町で町の有力者の娘達の家庭教師をしながら出獄後の生活をしていたが、三十四、五歳でひっそり亡くなった。その亡くなった部屋から分厚いノートが見つかり、それが『死の家の記録』だという。その長い陰鬱な物語の中にチラチラと垣間見せるアレクサンドル・ペトローヴィッチ・ゴリヤンチェフという人物に私は魅かれる。ふしぎな謎めいた過去をもち、じっとその苦悩をかみしめて狂人の一歩手前で立ち止る。深い孤独の影をひきずる人。

ところがこの小説の解説のところにこの男の過去をあの『白痴』のラゴージンとその妻ナスターシャに触れていて、後にドストイエフスキイは『白痴』を書いたらしいとチラッと書いてあった。そこを読んだとたん私の目前にパッと白い羽毛が一面に飛び散って宙に舞い上がり、『白痴』の最後の場面、ナスターシャの遺体の前でムイシキンとラゴージンが我を忘れて立ちすくんでいる、あの異様な美しい場面が浮び上った。すると忽ち、ゴリヤンチェフがラゴージンになり、あの妖艶きわまりないナスターシャやムイシキンが走馬燈のようにグルグル私の目の前でまわりはじめた。そうか、『白痴』の後日譚か、小説とは何と奇想天外の展開をみせるのだろう。人の想像力をこんなにも刺激し、衝撃をあたえるとは――

「この木柵の中でどれほど多くの青春がむなしく葬り去られていったことか。どれほど偉大な力がなすこともなく亡び去ったことか。たしかにここに住む人々は、まれにみる人間ばかりだった。ほんとにわがロシヤに住むすべての人々の中で最も天分豊かな、最も強い人間たちと言いうるかもしれない。ところがそれらのたくましい力がむなしく亡び去ってしまった。異常に、不法に、二どとかえることなく滅び去ってしまった。ではそれは誰の罪か」

とドストイエフスキイが語るように、監獄内の生活、風俗、衣服、食事、作業、点呼、夜の監房、浴場、病院、笞刑、芝居、酒盛り、賭博、脱獄、世間から見放された生理、性格、身の上話、エピソード、恋、等々かぎりなく綿密に不屈の筆力で驚異的に語り尽す。何がここまでドストイエフスキイをして書かしめる原動力になったのか。最高の貴族、中産階級、貧困のどん底にあえぐ人々が、全く一つの願わざる共同生活の中に放りこまれた、それらの人間の真実を知りたい、人間を知りたい、手を取り合いたい、現実社会では見ることのできない特殊社会(囚獄という)、ここでこそ本当の人間をみたのではないか。この『死の家の記録』をもってドストイエフスキイは本当の人間をみたのではないか。ある状況の下で人は全く平等に人間である、そのことを書きたかったのではないかと私は思う。そう思わずにはいられないのだ。

遂に読み上げた。今、何か涙がこみあげる。最後の頁にすすんだ時、木柵につかまって、いよいよ入獄したその日の悲しみの耐えがたかったことや、最後の出獄の日、足枷をはずしてもらった時、自分の体と共にあった足枷がガチャンと音をたてて落ちた。その感覚が身に迫った。いつもそうなのだが、ドストイエフスキイの小説が終りに近づくと、終ってくれるな、もう少し、もう少し読んでいたいと思う。この小説は実際に作者が体験したことだ。それだけに一つ一つが胸に打ちこまれる楔のような重さで抜こうにも抜けないのだ。こんな小説を読んだことが何か宿命のような気がする。どうしても通過しなければならない道だった。この囚人達の呻き、哄笑、あざ笑い、ばかさわぎ、裏切り、人間の裏側のまた裏側、底なしの崖《がけ》っ淵《ぷち》、すべて通過し体験しなければならなかったと思う。自分の内側へぐいぐいと切り裂くように浸みこんでくる暗い絶望の影を避けようとは思わない。もっともっと入りこんでゆきたい気さえする。何故あなたには無縁だというのか。老齢であっても仕事に追われ、打ち込んで悔いのない仕事が待っている。それなのに身も心もヘタヘタになっても自室にもどって『死の家の記録』を読むのが至上の楽しみだった。

人間の書き得る最奥の書、偉大な本だ。

この本を読み終るまでこれほど私を虜にするとは思わなかった。最後に思ったことは、それらの人々はたまたま不運にも牢獄に入れられたとはいえ、それは自分であるかもしれない、その人々が今この世では得がたい贖罪の道をすでに歩んでいたのではないだろうか。読み終って今、心の中がしみじみと潤っているのはなぜか。言葉では言いあらわせない人間を抱きしめたいほどのいとしさがドストイエフスキイの涙のように乗り移ってくる気がする。

もうこれ以上は読めないと体が耐えがたく逆らっていたのに、ひきずられるようにして読み終ったとき、どこかが傷つきこわれそうになっていたにもかかわらず、どこかがよみがえる、すがすがしい外界がすこし違ってみえるようだった。読み終って数日後のことだった。明け方にパーンと頭の中で真っ赤なものが炸裂した。何か、記憶は大丈夫か、咄嗟にそう思った。そして翌日、病院に行った。その後私は体調をくずし入院したが、それでもこの気持は変らない。『死の家の記録』はそういう力をもっていると思う。

罪と罰

ようやく書こうと思ってペンをとったが、私の手は忽ち止まってしまう。私ごときに書けるものではない。とまた別の手は書かずにはいられない。夜寝る時、ひとりになった時、必ず胸に浮び、思いつづける。こんな年になって——もう何年になるだろう。

いまやいつも身近に死と向い合い、脆く消え入るばかりの老齢の身の自分がずっと思い続けている人があるなんて、笑止の極み、自分で自分を笑ってしまう。併し人間というものは、隅から隅まで現実の針の縫目にかこまれて身動きできない身でありながら、どこかで途方もなく虚構の世界に憧れて我を忘れる存在である。ではその魅力はといえば、人間の底の知れない井戸の深さ、一どそれを覗いてみたものは、得体の知れない闇の深さ、怖《おぞま》しさ、到底私の筆などでは及びもつかない深淵に、時としてキラッと光る閃光のような人間の愛憎、憐憫《あわれみ》を垣間見ることなのではないだろうか。

そのたとえようのない不可思議な世界が、この人、ドストイエフスキイの筆一本から生れてくるのだ。小説はそれを生みおとした人の胎蔵界、金剛界にもたとえられようか。あまりにも複雑、層をなし、面をなし、さまざまに彩られ、織りなされ、迷宮をさまよったかと思えば、突然整然と道は整えられ、聳えたつ建造物のように我々の前に厳然と姿をあらわす、魔物のようでもある。

それ故、何ど読んでも波立つ胸の動悸、情に溺れ、妄想の虜となり、またある時は魂を洗われ、清冽な水の音の中に潜んでいるような気分だ。まるで翻弄され、押さえがたい情動の波に己を失ってしまう。

さて、そんなにも私を悩まし、突き動かされている人物、ラスコルニコフとは、屋根裏の棺桶のような、これ以上貧しく、これ以上不潔なところもほかにないというほどの檻のような部屋で服も脱がず、すり切れた外套をひっかぶって不安な眠りをむさぼって今、目覚めた男。むしゃくしゃする重い気分、憎悪の目で穴蔵のような部屋をみまわし、一目で偏狂とわかる表情、傲慢、人嫌い、自己嫌悪、怠惰、その上老婆殺しを目論むおぞましい人間である。

艦褸《ぼろ》をひっかぶったこの青年の思いつめた憂鬱そうな横顔をついでながら書いてみると、

「黒い瞳はきれいに澄み、栗色の髪をしたおどろくほどの美青年で、背丈はやや高く、やせ気味、均斉のとれた青年である。」

たった三行のこの描写がなぜか終章に至るまでついてまわる。併し容貌なんか時にふっ飛んでしまうほどラスコルニコフはたまらない人間である。私も何どか彼がいやになり、この頁は破り捨てたいと思ったほどだが、憎悪に燃える瞳の中に、泥んこのぬかるみに落ちた宝石みたいにキラッと光るものがあって、彼の心情がたとえどんなに優しく輝いていても、彼は忽ち握りつぶして、自分を許すことができない。いまいましい自分を唯一自虐の杖にすがって耐えているばかりだ。彼を理解することは難しい。常に反抗し、何ものかを拒否している態勢だ。

そんな彼が田舎からペテルスブルグにやって来て、下宿の娘ナターリヤと婚約する。決して美人とはいえないナターリヤは、病身で、乞食に喜捨することを唯一のよろこびとする心優しい、修道院にあこがれるような娘だったが、二年もしない中に亡くなってしまう。

「なぜあの頃ぼくはあの娘にひかれたのか。自分でもわからない。きっと病身だったからでしょう。もしあの娘が、びっこかせむしだったらもっともっと強く愛したでしょう（彼はさびしく微笑して……）まあ春の夢のようなものでした」とラスコルニコフは述懐する。併しその後の人生にこのナターリヤという娘が影のように尾をひいてゆくのではないかと、なぜかそう思わせる。ラスコルニコフのはじめての恋は短く、儚く終ったが、この中にラスコルニコフの尋常ではない弱者への眼差しが次なる拒絶と反抗の道を選ばせているように思われるのだ。

彼が大学時代に書いた論文「犯罪について」は、途轍もなく飛躍した犯罪論でとても私などわかりもしない、従いてもゆけないものであるが、極く簡単にいえば、人間は大別して凡人と非凡人に分れる。凡人は自分の生活を守り、子を生み、規律を守って暮してゆく。非凡人はたとえばナポレオンやマホメットのような時代の英雄、新しい時代を開拓し、古い法律を破棄し、社会が神聖なものとしてあがめることによって殺戮をも許される、人類の恩人がおそるべき犯罪者であっても、それは許される。勿論こんな単純な論旨ではなく、ラスコルニコフが己れの思想を貫くために、いかに苦しみ、悩んだかは想像を絶するものであるが、併し、金貸の老婆と、何の罪もないリザヴェータを殺してよいものか、私はやっぱり納得ができないでいる。が、そこが小説である。殺害後、気も狂うほど苦しみ、何ども自殺を考えるが、ふしぎに老婆とリザヴェータに対して悔恨の情を示すことはなく、その事実にこそ苦しむべきではないかと思うのだが(すでに夢の中では死ぬほど苦しんでいるが)。

この小説の根幹である「罪と罰」の問題を私のような者には到底理解することはできないと思うが、これを抜きにして通り過ぎることも出来ない。わかろうがわかるまいが私は必死になってもう一どラスコルニコフの通ったこの世の地獄、煉獄を歩いてみよう。またしてもはじめから、全く新しい頁を繰るように読みはじめる。同じ箇所を何ども何ども読んでいるにもかかわらず、私はラスコルニコフと共に階段でけつまずき、うずくまり、胸のどこかがほころびてわなわなとふるえ、ただ茫然と宙を仰ぐばかりだ。こんなことで何がわかる、まるでミーハーだ。人間の罪と罰、その片鱗でもわかるのか、もう駄目だ、書けないと思う。そして何ヶ月も経つ。

或る日、私は思い直して本屋に行った。書棚一面にならぶドストイエフスキイ研究書、圧倒的な姿で居並ぶ群臣のようだ。

私は目の前に立ち並ぶ本の中から一冊を選んだ。何も考えずただその本を手にとった。奇しくもと言いたいほどこの本に出会ったことは喜びだった。そして苦しみだった。まず私は打ちのめされた。何にもわかってない自分、無智というか、生れかわってこなければどうしようもない、ということを思いしらされた。それは、『罪と罰』における復活――ドストエフスキイと聖書』芦川進一著という本だった。

毎日少しずつ読んだ。著者が十数年をかけて心魂傾けて書かれたものである。旧約、新約聖書、ヨハネ黙示録、終末の思想、バアル神、バビロンの大淫婦、新しきエルサレム、ラザロの復活、善きサマリヤ人、病者の光学、等々がなだれの如く内へ内へと浸透してくる。私は「待って、待って、もう少し時間を下さい」と叫ばずにはいられない。それは今日まですぐ傍らを、衣の襞にさえふれず通りすぎてきたもの、「知っている」「読んでいる」では絶対すまされない、無意識の海、知っているより知らない方がより近いかもしれない人間の知識の塊りがうち破られる。まるで諒解ずみのように自分の中で体よく処理してきた厖大な構造物(虚構)が、読むたびに崩壊し、私の中で不安がふくれ上り、とても書きすすめることなどできない。もう書くのはあきらめよう、そしてもう一ど『罪と罰』を、芦川さんの本を読み直そう。

そしてまた数ヶ月が経った。その間、傍に本を読みつつ機を織った。私は機織りが本業なのだから当り前のことなのに、織りつつ思いはまたしてもラスコルニコフ、どうして殺人者になってしまったの、なぜ殺したの、老婆だけでなくリザヴェータまで、それがどうしても許せない、ラスコルニコフをこんなに思っているのに、母親や妹の次の次くらいに思っているのになどと他愛なくも思っている。

私などがまわらない舌でいくら語ろうと叫ぼうとびくともするものではない大小説である。世界中の愛読者、学者、研究家がすでに余すところなく語り尽している。それならばなぜ書くのか、答は、書きたいから書くというしかない。自分の浅薄さを棚に上げて、こんな読者もひとりぐらいいるのだと思いさだめて、再び書くことにする。

時は容赦なく過ぎ、その間に自分の個展、取材など目まぐるしく、こんな老齢でそれだけでも大変だと人は心配してくれるが、実はそっちの方は今や運は天に任すという状態、五十年にわたる仕事中心の生活に身をゆだね、自然体として流れに沿ってゆく、というかそれなりの精進を続けてゆくしかない。一方こちらの方は誰も知らない、ひとりで部屋に入って何しているんだろうと傍の人は思っている。止めるべきか、すすめるべきか日々迷っている。

ただふしぎな現象が起りつつあることに私自身がおどろいている。

もう時はおそし、生れ変らねばとさえ思った自分なのに、何か土台の方からぐらぐらっと揺れてくるものがある。まさか、こんな年になってと自分でも思うのだが、実はこんな年になってようやく目覚めたというか、晩熟もいいところだが、やはり遠い道を歩いてきてやっとたどりついた自分自身かけがえのない世界が少しみえてきたのか。

聖書だって心底読んだわけではない。黙示録だってこの毎日の荒んだ世相や天変地異を目前にして、とうとうやってくるのか終末が、と思う一方、日々の糧を得るのに懸命で切実に考えたこともない。そんな自分が求めて止まぬもの、読書と一口に言いきれない、幼い頃から求めて止まぬもの、一刻も忘れることのできないもの、それを文学といっていいのか、芸術と呼ぶべきか、何でもいい、本当のものをさがし求めている自分なのだとようやく自分自身に言ってきかせ、私は今ドストイエフスキイに没頭しているのだ。

この世界にひきずりこまれているのは老いた自分だ。十七歳の時からずっとずっと私の中に住んでいたドストイエフスキイ。十年ほど前から再び没入して、『死の家の記録』を読んだあと頭のどこかが破裂したのか、もう駄目かと思ったが、その後恢復はしたものの鬱病になって、ようやく元にもどったのが二、三年前、書こうと思い出して再び全作品を読みはじめた。その中で私が強い力で引きとめられているのが『罪と罰』である。

読みはじめて最後に近づくと必ず頁を繰るのが惜しくなる。終らないで、終らないで、と思う。感情移入もいいところだ。そしてすぐまた最初から読みはじめる。何ど読んでも新しい発見があり、何も読んではいなかったと思う。それほどこの小説には何かふしぎな牽引力《けんいん》があり、それを知りたいと焦らせるようなところがある。併し、次第に一人々々の人物が彫塑《ちょうそ》されるごとくに私の中で生きはじめる。

マルメラードフ一家、妻カテリーナ、子供達、先妻の娘ソーニャ――はじめての居酒屋でラスコルニコフにすべてをぶちまけて己れの悲惨さをまるで快楽のごとく濃密に執拗に暴《あば》きはじめる。あぁ、あ、マルメラードフ、息がつまるほどだ。九等官の最後の矜持を、破れたフロックコートに一つだけのこされた釦をはめていることで辛うじて保っている。失業者の飲んだくれの果てに娘を売って、その金まで飲んでしまう父親の憐れな絶望、病苦と狂気に苛まれるカテリーナに顎髭をひっつかまれて部屋中をひきまわされるのを、私ゃこれがうれしいんですよ、と卑屈きわまりない冗談を言う。飢えた幼い子供達の哀切な表情。そして酔ったあげく車に轢かれて死んでしまう。もう悲惨を絵にもかけないほどのどん底で最後にソーニャの胸に抱かれて息をひきとる。幼い子供達の命をつなぐために身を売るソーニャのどこへも行き場のない哀しみは、聖書の中に、イエスの胸にとりすがる道しかないのだ。

はじめて訪れたマルメラードフの惨憺たる場面に出くわしてラスコルニコフは思わずポケットの有り金全部を置いてきてしまう。ラスコルニコフの魂のどこかに我を忘れて弱い者を助けずにはいられない衝動が咄嗟に働くのは、幼い時に夢の中でみた老いぼれた痩馬を鞭で打って打ち尽して殺してしまう陰惨な場面が幼い心に刻印されているその鮮烈な印象に結びつく。この痩馬の悲しい情景は一ど読んだものには決して忘れることのできない悲痛な情景の描写で思わず頁を伏せてしまうほどだ。この老いぼれた痩馬の上に身を倒してかばおうとする少年のラスコルニコフが、後年なぜ恐ろしい老婆殺しに結びつくのか。この現世のどうにもならない矛盾だらけの仕組をどうしても許せない。身をもってかばいたい弱いものの命を貫くために焼きつけた少年と、今、ラスコルニコフは実際に殺人を犯すというより自分の主義を幼い心に現実に振り降ろされる老婆への斧、この矛盾の振幅のはげしさに私は翻弄され、くたくたになる。もうついて行けない、でもついて行きたい、何とかして彼をかばいたい。

それにしてもドストイエフスキイ、あなたの筆は実にしつこい。何ともねちっこいのです。彼がどんなにみじめで偏狂的で妄想に悩まされ、もう自殺するか、狂うかのぎりぎりまで我々をひっぱってゆき、共に苦しませる。小説なんだ、と思えばいいものをまるで我がことのように、いつ罪が暴《ば》れるか、いつひっとらえられるか、はらはらしどおしだ。

予審判事ポリフィーリイが憎くてたまらない。執拗で、冷静で、知性に優れ、ラスコルニコフの完全に優位に立ってじりじりと苛めながら追いつめてゆく。傷ついたねずみをもてあそぶ猫のようだ。併し実は彼は最も正当なラスコルニコフの理解者だ。自分には到底できないことを果敢に実行する青年の意気に感応さえしている。減刑は彼の配慮である。

友人ラズミーヒンの底抜けの善良さ、生得の優しさ、思いやりの深さは、この小説の唯一の恩寵のようだ。窓から射す光だ。彼が見捨てられたラスコルニコフの本当の母娘の息子のようになってゆく。

「その晩からラズミーヒンは二人の婦人の息子とも兄ともなったのである。」

妹ドーニャの気高さ、叡智ある美しさ、ソーニャに対する謙譲な態度は救いである。母プリヘーリヤ。息子を信じて止まない愚かな母、自分を責め、情に溺れ、ひたすら息子を思いやる切なさ。すべての母親にある、きっとある、あるからこそ胸がいたみ涙にくれるのだ。ある時など思わず手をとり合って抱き合いたいほどだ。母親より先にラスコルニコフを抱きしめたいほどだ。

そして、スヴィドリガイロフ、何という人物。

「しゃれた服をゆったり着こなし、堂々たる紳士の風采。手にはみごとなステッキを握って、歩道を一歩あるくごとにコトコト鳴らし、その手は真新しい手袋につつまれていた。空色の瞳は冷たく鋭く、そして深く、唇は真っ赤だった。」

何かこの描写は不気味である。彼は故郷で妻を毒殺し（確証はない）、ドーニャを追ってペテルスブルグにやってきたペテン師。彼がソーニャとラスコルニコフの会話を盗み聞きして、それをネタにドーニャをおどし、我がものにしようと追いつめる醜悪な場面は、ただもう薄気味悪く淫蕩な中年男のおぞましさである。この小説の中で唯一、頁まで汚れているような思いで読んできたのだが、何ども読むうちにどこかで「待てよ」、という気になり、この男性の本性を見きわめたい気持になってくる。なぜ最後にこんな男を登場させたのか。一筋縄では到底理解できない虚無的ないかさま師の中にどこか逆説的な傷ましさが浮び上り、ドーニャの愛を必死に求めながら、憎悪と侮蔑のみで切り捨てられ、みずからを清算するためにどしゃぶりの雨の中をさまよい、拳銃で命を絶つ。彼が上京した時持っていた財産をドーニャに渡したいと願っていたのであろうが拒絶され、ソーニャと幼い子供達の将来のために役立て、婚約者の少女の母親に与えてしまう。その生涯は薄汚い風呂場の蜘蛛の巣のようなものであったにもかかわらず、最後の最後に薄陽《うすび》でも射したように救いがやってくる。どこか潔く、汚れが洗いきよめられてゆくような感慨をもつのもふしぎである。

ドストイエフスキイの描く人物の中で、特に不可解な、多面性をもつ人物であるが、スヴィドリガイロフ（何とおぼえにくい名前だろう、だが彼にはぴったりだ）の中には、悪というより魔のようなものが棲みついていて、まるで黴《かび》のようにひろがってゆき、最後には彼自身を侵蝕し滅ぼしてしまう。

「生ける神の御手に陥るは、懼《おそ》るべきかな」（ヘブライ人への手紙）

さて、いよいよソーニャのことを書かねばならない。前にものべたように何年か迷いに迷い、何ども逡巡しつつ、今日まで来てしまった私のドストイエフスキイ逍遥の病もとうとう行きつくところまで来てしまった。もうここまで来れば逃げも隠れもできない。というより腹をすえて書かねばならない。

ただ自分でもふしぎに思うことは、私の中で何かが変りつつあるということだ。この歳をしてまさか、と思うのだが、今まで開いたことのない扉が少し開いたのだ。それこそ小説の力、ドストイエフスキイが、私の錆びついた扉に手をさしのべてくれたのではないか。

ある夜のことだった。私はいよいよラスコルニコフが最後の決心をして母と妹に別れを告げ、「何でもないよ、すぐもどるから、……」と家を出て、はじめてソーニャをたずねてゆく、そのあたりから何か胸騒ぎがして、予感のようなものを感じていた。ラスコルニコフはその時すでに絶体絶命の淵をさまよい、魂の限界を越える飢餓状態にあって、沈みかける波間から、もしやと一本の希みの綱をソーニャの手から受けとれるやも知れないとはかない希みをいだいてやって来たのだ。

それなのに彼は意地悪く執拗にソーニャの傷口に深く迫り、血が噴き出すのもかまわず、どこにも行き場のないソーニャを責めたてる。彼はソーニャを責めているのではない。そういう立場に追いつめられたソーニャの哀しみをみていられない自分を責めているのだ。

「君は罪深い女だという最大の理由はいわれもなく自分を殺し、自分を売りとばしたことだ。君の内部にはそんなけがらわしさやいやらしさがまるでその正反対の神聖な感情といっしょに宿っている。いきなりまっさかさまに河へ飛びこんでけりをつけてしまうほうがよっぽど正しいよ、よっぽど利口だよ。」

ソーニャはふるえながらつぶやく。

「じゃ、あのひとたちはどうなります。」――病身の継母と幼い弟妹は――

ソーニャは苦悩にみちた目で弱々しく彼にたずねる。破滅の淵にひきずりこまれ、これ以上の屈辱はないほどの目にあっているソーニャが、どうしたらひと思いに死ねるか、何どとなく切羽詰って考えたことか、それが切実すぎるほどあまりに真剣だったために彼の言葉の残酷さに気づかなかった。諦めと覚悟はすでに彼女の中に出来ていた。その上で奇跡を待っていたのだ。

彼は烈しい言葉をソーニャにぶつけながら彼女の瞳が澄んだ苦悩の光を放っていることをみて、それが次第にわかってきた。一体何がひと思いに死のうとするソーニャの決意をおしとどめることができたのか。父を失った哀れな小さい子供達と、肺を病み半狂人のカテリーナがどれほど彼女の中に深い意味をもっていたか、ラスコルニコフははっきりと悟ったのである。哀しさをたとえようもなく魂の清らかさの中に宿して、青白く燃えてふるえているソーニャをみればみるほど彼は自分を責めさいなむように詰問せずにはいられない。

「それじゃ君は真剣に神にお祈りする?」と彼は聞いた。

「神様がいなかったら私はどうなっていたでしょう」彼女はきらっと光った目を投げつける。

「だがそれで神様は君に何をしてくれた?」

「言わないで！　何も聞かないで！　あなたにそんなことをきく資格はありません」怒りにふるえてソーニャは泣きながら言う。

「神様は何でもすっかり下さいますわ」

蒼白な痩せた顔、はげしい火花のようにぎらぎら光る空色の目、ぶるぶるふるえる小さな体、奇妙な傷々しい、あり得ないことがソーニャの上に起りはじめている。

「これが彼女の出口か。これが出口の告白だ。ばかな女だ、狂信者だ」ラスコルニコフは腹の中でくりかえした。

追いつめられた恐怖におののく二人の前に、ふと気がつくと、一冊の本が、タンスの上にのっている。古いよごれた革表紙の、それはロシヤ語訳の新約聖書であった。

ラスコルニコフはそれを手にとる。

「これをどこで？」

「リザヴェータが持ってきてくれましたの」

リザヴェータと聞いただけで彼は青ざめ、空怖しい気分に襲われ、

「ラザロの復活はどこかね、さがしてくれ」と聞く。

先日ポリフィーリイの尋問に責めたてられたラスコルニコフは、

「あなたは神を信じますか」「ラザロの復活を信じますか」と問いつめられ、思わず「信じます」と答えてしまった。そのラザロの復活の箇所を知りたくて彼はソーニャに読んでくれとせ

がむ。はげしくソーニャに是非読んでくれとせがむ。

「読んでくれ！」

ソーニャは神を信じない人に聖書を読んであげることはできない、とことわる。手がふるえ、息がつまって声もでない。

「読んでくれ、僕は読んでもらいたいんだ」

ラスコルニコフは苛立ち、乱暴に責めたてる。不幸のどん底で育ったソーニャの胸の奥の奥には誰にも知られたくない場所がある。今彼に読んでやることによって自分のすべてはさらけ出される。そこまで自分を暴かなければならないのか、そこまでこの人に！　とソーニャはじっとラスコルニコフをみつめる。読もうとしても声がうわずり張りつめた弦がプッンと切れるように息が途絶える。

ソーニャがなぜ彼に読んでやることをこれほどためらうのか、いま彼女が自分のすべてをさらけ出すことがどれほど辛いことか、皮をむかれた魂がひりひりと痛んで悲鳴をあげていることが、彼は次第にわかってきた。わかりすぎるほどわかってきた。と一方ソーニャはどんなに心が痛もうが、どんなに不安におびやかされようが何としても読みたい、しかも彼に読んでやりたい、彼に聞かせたい、どうしてもいま！　たとえあとでどんなことが起ろうとも！　切なく狂おしいまでの願いがソーニャの目の中にあることを彼は見た。

そしてヨハネ福音書第十一章から第十九章までの朗読がはじまるのだ。

「さて、ラザロというひとりの病人があった。マリヤとその姉妹マルタとの村、ベタニヤ人である」

胸をしめつけられ時々途絶えそうになりながらソーニャは続ける。

「あなたがどんなことをお願いになっても、神はかなえて下さることを、私はいまでも存じています」マルタがイエスに言う。そしてそのままソーニャがイエスに言う。

イエスがマルタに言われた。

「わたしはよみがえりであり、命である。わたしを信じる者は、たとい死んでも生きる。また、生きていて、わたしを信じる者は、いつまでも死なない。あなたはこれを信じるか」

マルタは言う。

「主よ、信じます。あなたはこの世にきたるべきキリスト、神の御子であると信じております」

またもソーニャはイエスに言う。――としか私には読めなくなっている。今ソーニャがマルタに変っている。そんなことが起っていいのか、奇跡が起っているのではないか。

「イエスは涙を流された。するとユダヤ人たちは言った。ああ何と彼を愛しておられたことか。あの盲人の目をあけたこの人でもラザロを死なせないようにはできなかったのか」

ラスコルニコフはソーニャの方を向いて、感動の目で彼女を見た。神を信じない盲者の彼が、もうすぐ、もうすぐ、信じるようになる、彼はもうじき一分後には、雷に打たれたようにひれ伏し、号泣し、信じるようになるのだ、こう思うとソーニャは喜びがあふれ、もどかしくてがくがくふるえた。彼はそれを待っていたのだ。彼女はいまだ例のない偉大な奇跡の話に近づいた。そして勝利の感情が彼女をとらえた。目の前が暗くなり、行が重なり合ったが彼女はそらでおぼえていた。

「あの盲人の目をあけたこの人でも……」

もうじき、もうじき、彼がこの先を聞いたら信じるようになる。

「イエスは激しく感動して墓に入られた。「石をとりのけなさい」マルタが言った。「主よ、もう臭くなっています。四日も経っていますから」ソーニャは力をこめて読んだ。イエスは彼女に言われた。「もし信じるなら神の栄光をみるであろうと、あなたに言ったではないか」人々は石をとりのけた。

イエスは天に目をむけて言われた。

「父よ、私の願いをお聞き下さったことを感謝します。あなたがいつでも私の願いを聞き入れて下さることをよく知っています。しかしこう申しますのは、そばに立っている人々に、あなたが私をつかわされたことを信じさせるためです」そして「ラザロよ、出てきなさい」と大きな声で呼ばわれた。すると死人は、手足を布でまかれ、顔をおおわれたまま、出てきた。「彼をほどいてやって帰らせなさい」ソーニャはもう先を読まなかった。ひんまがった燭台の燃えのこった蠟燭はもうさっきから消えそうになって、不思議な因縁でこの貧しい部屋におちあい、永遠の書を読んでいる殺人者と娼婦をぼんやり照らしていた。

絶望と恐怖にふるえながら、それが狂喜にかわってゆくさまを読んでいるうちに、私はこの数頁が何者かの手によって宙に浮き、どこからともなく神々しくなってゆくのを感じたのだ。ソーニャの信仰は微塵《みじん》も私の中にはないはずなのに、その力は鋼《はがね》のようにつよく、私の心をぐらぐらっと揺するのだ。

「主よ、信じます。主よ、信じます」

心の中で鐘のように響くこの言葉、信仰なんて乗り越えられない禁断の領域のはずなのに、キリスト教とか信者でない自分がそうつぶやいているのはなぜだろう。

「主よ、信じます。主よ、信じます」と。

ソーニャが乗り移ったのか。マルタの言葉がソーニャの言葉に乗り移ったように感じたあの瞬間、私の上にもまた何かが乗り移ったのか、奇跡というものが起ったのか、そんなことがあり得るのだろうか！

ドストイエフスキイが、ラスコルニコフになりかわり、ソーニャになりかわり、筆の先からあり得ないことをこの上もなくあり得ることに変えてゆく、その筆の力、魂の力。この『罪と罰』の中にこめられた不可思議な人間の魂のありようはまだまだ語り尽せるものではない、まして私ごときが何という資格もない、とわかっていながら、読みすすむうちにいつしか疑い深く人を信じることのできない魂の曇りが次第に洗い流されて、少しずつ目覚めてゆく、少しずつ見えてくる。

人間の深淵、汲みつくせない哀しみ、いとしみ、どこへもって行き場のない、この世からごみのように掃き捨てられようとしている、マルメラードフが言った。

「あわれむ？　なぜおれがあわれまれるのだ。おれみたいな奴ははりつけにすりゃいいんだ。十字架につけなされ。そのかけたうえであわれんでやるものだ。この小びんの酒がおれをたのしませたと思うかい？　悲しみさ、悲しみをびんの底に求めたんだ。万人をあわれみ、万物を理解してなさる方、唯一人のお方、そのお方が裁き主なんだよ。みんなが裁かれる、そして許される、善人も悪人もかしこい者も愚かな者も。飲んだくれも、弱虫も、恥知らずも出て来い！　そしてわしらは臆面もなく出て行く。知者や賢者は言う。「主よ、どうしてこのような者どもを迎えるのです」するとそのお方はおっしゃる。「知者どもよ、賢者どもよ、ようく聞くがいい。これ等の者どもを迎えるのは、これらの誰一人として自分にその資格があると考えていないからじゃ」そしてその御手をわしらのほうにさしのべる。わしらはひれ伏して……泣く。

娘が体を売って得た金で最後の小びんの一滴を飲み干した父親、悲しみを飲みこんだマルメラードフは数日後に車に轢かれて死ぬ、ソーニャの胸に抱かれて。あの夜、ラスコルニコフが聖書を読んでもらった夜、死んだはずのマルメラードフが町角でソーニャの前を歩いていた。

それをソーニャははっきりと見たのだという。なぜマルメラードフがソーニャの前を歩いて通りすぎたのか。なぜその夜ラザロの復活をソーニャはラスコルニコフに読んできかせたのか。あわれみとはこんなところにひそんでいるのか。マルメラードフの小びんの底にたった一滴たまっていた悲しみ、そのマルメラードフに主は手をさしのべられたのだ。

マルメラードフはソーニャの前を歩いていた。もしや復活……。何かを信じる、信じないということではなく、信仰のないものがこんなことを言ってしまっていいのか、ただ信じないではいられない。人を信じることはそのまわりを大きく包む宇宙、そこに存在する力——神といえる——その絶対的な力を信じることではないか。

『罪と罰』を読み、またしても読み、もう駄目か、自分には最終的にわからないのかと何ども思った。そして芦川進一著のラザロの復活に出会った。もし出会っていなければ私はもう一ど『罪と罰』を読んだろうか。聖書も読んだろうか。芦川さんのくりかえし、くりかえし語るラザロの復活、聖書がいつしかドストイエフスキイになり、心をこめて何故ここまで語りきかせてくれるのだろうと思うほどの誠実さで、あらゆる書物からその精髄をひっぱり出して語ってくれる芦川さんの言葉が胸に突き刺さるようだ。あの夜ラザロの復活の数頁が急に盛り上がるような衝動で迫ってきた時、イエスの奇跡などは遠い存在だと思っていたことが、すぐそこに、腐臭と共に迫ってきた。

「何もかも神様はすっかりして下さいますわ」というソーニャのいう狂信的な言葉は、決して狂信的ではないのだ。そのままなのだ。次につけ加える言葉は何もないのだ。天上とどん底の暗闇《やみ》が同時にそこにある。何が私を揺《ゆる》がせたのか、よく分らない。が、ここに『罪と罰』という小説がある。そこに人間の物を通して説く力、言葉を通じて出現する蠟燭の光のような魂を清める力がある。それを私は信じるのだと思う。

この『罪と罰』をたどたどしく何年も読んできた私に、芦川さんのラザロの復活が呼びかけてきた。そんなところで挫折していては駄目だ、私は十数年かけて読んできたのだ、もう一ど読んで下さい、と本の中から聞こえてきた。そしてあの夜、本の頁がぐらぐらっと動いたような気がしたのだ。

「神様は君に何をしてくれた?」

「神様がいなかったら私はどうなっていたでしょう」

「神様は何でもすっかりして下さいますわ」

ソーニャについて暗闇をここまで来た。本当にソーニャは狂信者なのか、苦しまぎれの出口をこんな言葉にしているのか、まだ私は胸の動悸をおさえつつついていった。併し、マルタが「主よ、信じます。主よ、信じます」といった時、それはソーニャの言葉になり、私の胸からもその言葉がふき出してきた。信じられない、予期せぬことが起きたようだった。併し、その頁一帯に何か消えかかった蠟燭の灯がゆらめくように感じられた。小さな部屋にいるのは二人だけではないと、キリストが、ドストイエフスキイがいるのだと思った。

ラザロの復活はあり得ない奇跡なのだろうか、ここに起っていることは何なのか、復活とは、……頑迷な頭脳を開き、心を裂き、水が裂け目から浸みこむように、ソーニャの苦悩の井戸に通じてゆく。吾ながら狂信ではないと。ソーニャは控え目に静かに神《キリスト》に最後のものをゆだねている。イエスの奇跡は遠い存在ではない、あり得ることだと。一滴の水がしたたり落ち、私はそれを信じる。

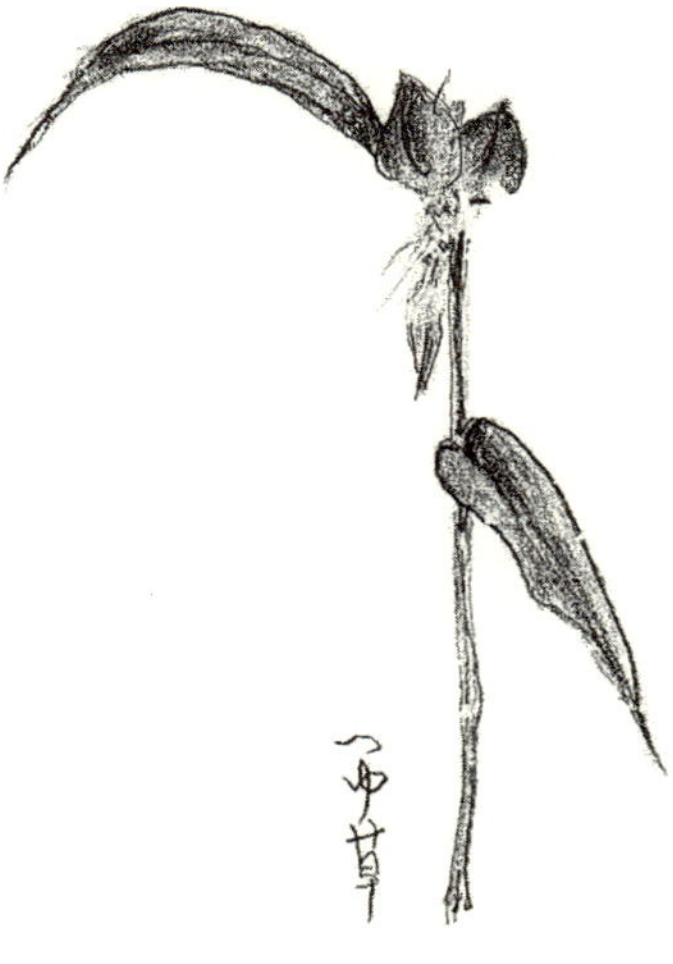

白夜

エルミタージュ美術館に行った時のことだった。あまりに広くてどこに講演会場があるのかわからない。困ってうろうろしていると、一人の東洋人らしき婦人が近づいてきて、「あなたは日本人ですか。お待ちしていました。ご案内しましょう」と言う。見知らぬその婦人はこの美術館の東洋美術、中国の山水画や日本の浮世絵を研究しているとのことだった。ロシヤ、中国、日本三国の混血児でタマロー・トミカイという方だった。

「ウラジオストックにいる孫が日本の病院で助けられました。私は日本に感謝しています」と言われるので思い出した。私はその孫息子が火傷で緊急に新潟かどこかに運ばれて無事助かったとテレビで見たことがあった。

親切に彼女は数日つきっきりで私達を案内して下さり、ある晩、コンサートに誘われた。雪の降りしきる街灯のもとでタマローさんが美術館から出てくるのを待った。待てど暮らせど彼女はあらわれない。足が凍って感覚がなくなってしまって、彼女が小一時間後出て来て、何ごともなかったように、さあ行きましょう、と言われても、もう行く勇気がなく、ネヴァ河のほとりのホテルにかえりついて凍えた足を温めた。

降りしきる雪の中を青白い街灯にてらされて行き交う、異国の、彫の深い顔をしたロシヤの人々は、映画の中の一駒のように魅力的で趣深い風景だった。あとできけば、ペテルスブルグの人は雪の中を夜、散歩するのが好きなのだそうだ。

あのペテルスブルグの冬の夜に心細く立ちつくした思い出は、どこかドストイエフスキイの『白夜』につながるもののように、この小説の背景は何となく身近く、なつかしく感じられるのである。

いとしく愛さずにはいられない、白夜の、たった三夜の小さな物語である。

さて、舞台はペテルスブルグの夜ふけ、小さな橋のたもとに佇んでいる娘の傍を、ひとりの青年がとおりかかる。何ごともなくすれちがうはずなのに、ふと少女のすすり泣きの声を青年は耳にして思わず立ち止る――その瞬間からこの物語ははじまる。

孤独で途方もなく空想家のこの青年は、今まで誰ひとり話し合う相手もなく、勿論友人も恋人もないかわりに、自分の思い描く世界は容赦なくひろがって、このペテルスブルグを舞台として、この都会のすみずみにまで思いがちりばめられているのだ。

今日もひとりで歩きまわり、すっかりいい気分になって口笛を吹きながらこの橋にさしかかったのだ。貧しい生活、天井に蜘蛛の巣がはっているのにとろうともしない、おっとりした女中と二人暮し。

一方、娘は両親は亡くなり、盲目の祖母と老いた女中とひっそり暮している。娘が大きくなって少しいたずらをした時、お仕置だといって祖母は自分のスカートと娘のスカートをピンで留めてしまった。年頃になって娘が自分からはなれてゆくのがこわいのか、娘は籠の鳥のような生活でおばあさんが眠っている間しか自由に外に出られないのだ。

単調な寂しい毎日。どこか似かよっている二人である。夢みがち、空想癖、世間しらず、ひっこみ思案、ガラスのような繊細さ。そういう二人に青春のロマンスが素通りするはずがない。思わず翌晩もこの橋の上で会う約束をする。

青年は夜も眠れない。早くからこの橋の上で待っている。やっと娘はやってきて、意外な身の上話をする。娘はかつて下宿人だった男を恋している。一年後、この橋の上で再会する約束になっている。それが今夜なのだ。青年は仰天し落胆するものの、娘の心情に心から同情し、共に恋人の来るのを待っている。併し恋人は来ない。娘は待ち焦れ、青年に訴える。青年は親身になって恋人に手紙をかくようにすすめ、二人はひたすら待つ。併し来ない。

次第に娘は青年のたぐいない優しさに心ひかれ、寄り添うようになってくる。青年は、夢か、夢なら醒めないでほしい、二人の魂が相寄り、我々こそ結ばれるべくして出会ったのではないか、もう離れることはできない、一緒に住もうと誓い合った瞬間、橋の上に男があらわれる。

釘づけになってふるえる娘。しかし弾丸のように男の胸に走ってゆく。そしてすぐまた弾丸のように青年の胸に帰ってくる。抱きよせて、もう離れまいと青年が天に昇る思いの瞬間、娘は、さようなら、と叫んで男のもとに走り、橋の上から消えてゆく。天国から地獄へ、一挙におちてゆく。青年はひとりとぼとぼ雪道を去ってゆく。

十五年も一挙に年とったかのような青年、女中のマトリョーナがつぶやく。

「天井の蜘蛛の巣はとっておきましたよ。いつでも花嫁をむかえられるようにね」と。

しかしこの青年はいまだ夢みて娘の思い出の中にいる。

「ナースチェンカ、侮辱されたことをいつまで根にもつ私だろうか。君の晴れわたった平穏無事な幸福な生活に、暗雲を吹きおくる私だろうか。(中略)彼と並んで祭壇に向って進む時、君がその黒髪に編みこんだ、あの可憐な花の一つでももみくちゃにするような私だろうか。おお、決して、決してそんなことはしやしない。君の心の空のいつまでも晴やかであらんことを。(中略)それは君がもう一人の孤独で、感謝にあふれた私の心にあたえる幸福でもあるのだ」

とこの小さなロマンの主人公は語るのだ。

それが至上の法悦のひとときで、人間の長い一生にくらべたら、それこそかけがえのない一瞬ではないか、……と。

この名も知らぬ青年がこの時、ふとドストイエフスキイその人のように思えた。

恐るべき空想家、たぐいない優しさ、あの『貧しき人々』のマカール・ジェーヴシキンや、

『虐げられし人々』のイワン・ペトロヴィッチとかさなって見えてくる。男の中にあるこの無類の、宝石のような優しさは何だろう。

いつまでも閉じない夜の白さ、消えかかって消えない灯のように、思い出もまた、いつまでも消えない。

ドストイエフスキイの館

ドストイエフスキイ・ノート

（一）

今夜私はとうとう書かずにはいられなくなって筆をとった。ここ数年思いつづけ片時も脳裡からはなれないこの想いをある時は否定し、私のようなものが身のほど知らずにも、思い上って書こうとしているなんて、と思い惑い、世界に何百万という愛読者のいるドストイエフスキイに対して冒瀆であるとさえ思い、一介の読者としてこれから先も読みつづけていけばよいのだ、こんな思いは葬り去るべきだとここ数年思いもし、なかば気持ちをおし静めてきたものの、またしても読んでは書きたくなり、ますます深みにはまりこんでゆく自分を感じている。それにしても相手は大きすぎる、深すぎる、読めば読むほどその想いは強まり、またたく間に数年がすぎ、私は年をとってだんだん読むことも書くことも出来なくなるのではないかと思っていたが、事実は反対でますます寸暇を惜しんで読みたくなり、同じ作品を三ども四ども読み、だんだん速度も加わり、普通なら陰惨でくどくて、悲痛きわまりないところを何ども読みかえし、その度に胸をひきちぎられるほどひきずりこまれる。もともと残酷な小説は読めないくせになぜドストイエフスキイのものなら読めるのか。小説の中でもあくどい描写とか、子供に対しての虐待とか、そういうものは素通りして胸にとどかないように警戒して読む自分が、この作者のものは何ど読んでも同じ箇所で手をにぎりしめ、哀しみに胸が水びたしになり、その人間と共にいためつけられ、血を流し、涙にくれるのは全くふしぎである。

もし他の作者の幼児虐待などの場面をみたら私は思わず目を伏せてパッと本を閉じるだろう。ドストイエフスキイはそういう場面に対して心が無惨にいためつけられ、ズタズタになっているにもかかわらず、冷酷に非情に意地悪く描くことができる。彼は体験している。気が狂うほどその人間と共に在《あ》る。現象の底を突き破って、地獄まで共に落ちる。何としても人間を見捨てない。人間というものをいとしく思っている。どんな極悪非道な人間もなぜか憎めない。かばってしまう。何とかして人間を描きたい、知りたい、猛烈な欲求が読者にも乗り移ってくる。かぎりなく粘っこく、貪欲で、破壊的な人間。もういやだ、やりきれないという人間をも、読者は見捨てずついてゆく。私もその一人だ。いざ読みはじめるとまるで泥沼にはまった轍《わだち》のようにそこから這い出すことが出来ない。今まさに私は泥沼の坩堝の中にいる。

十七歳に出会ってから六十数年を経て再びドストイエフスキイに出会うとは！　こんなにも日夜熱っぽくはげしい言葉を吐きつけられようとは。それは怒濤のような怒り、罵り、毒舌、滑稽、涙にくれる独白、諧謔、風刺、隠喩、一人の男に対してこれ以上贅沢な表現が許されようとは。虐げられ、金もなく、飲んだくれで、病にむしばまれ、屈辱と憎悪にまみれ、愛する者に何一つしてやれないばかりか裏切りをくりかえし、娘を売り、妻に虐待され、いいところなんか一つもない、ぼろきれみたいに捨てられて死んでゆく。そんな男のことが、いいとこだらけの男より何倍も何倍もいとしくて、胸のひとところがひっちぎれそうになって、暁方までねむれず窓につたう雨の滴がびしょびしょに胸をぬらしすっかり疲れ切ってしまう。そんな男になりかわって怒りにふるえ、恥をしのんでも何になろう、何と馬鹿な自分か、だがあの男がいとしすぎる。忘れようにも忘れられない、あぁ、マルメラードフ、こんな病にかかる読者もいるのである。

（二）

夜になるのがたのしみだ。仕事を終えると待ちかねたように部屋に入るなり本を開く。夜中目覚めると手は本を開いたまま、また枕元のスタンドをつけて続きを読みはじめる。ここ二、三年、こんな調子でドストイエフスキイ以外の本をあまり読んでいない。

小旅行は勿論、トルコやイランに行く時も必ず文庫本をカバンに入れ、飛行機の中、ホテル、時には公園などで本を開く。おかしいのは自分の個展の最中ホテルでも読み続けて、個展なんてどうでもいいや、と思ったときはさすがに中毒だと感じた。私の拙い力などで到底表現しきれるものではないとよく分っている。しかしよくも同じ人間に生れ、ここまで人間を描ききれるものか、私が何より驚嘆するのはこんな測り知れない混沌とした坩堝にみずからはまり込んで、冷徹に、克明に、いささかの破綻もなく、まるで小さいタイルをはめこむように綿密に構成し、やがてそれがタイルを積みかさねたモザイクの大壁画のようになって立ち現われる、どこか一ヶ所でも狂いはじめたら忽ちその建造物は崩れるであろうに、そのタイルの隙間という隙間にはドストイエフスキイの汗や溜息や涙がびっしり埋めこまれていて辛うじて支えられている、その擦りへるような吐息がきこえるようで私はひきずりこまれ、いつの間にかその一つのタイルになって、なり切ってしまうのである。

たった一つの小説を書くのさえ身心を擦りへらすのに、生涯にわたって後世にのこる大長編小説をいくつも書き、厖大な「作家の日記」を書き、珠玉の小品をいくつも書いている。しかるに常にお金がなく、借金に借金をかさね、原稿料で食いつなぎ、未発表の分まで食べてしまい、それだからこそ苦しまぎれに書かざるを得なかったのか、その上折角入ったお金は賭博ですっからかんに使い果し、あげく借金をして自身は癲癇やみという地獄の有様だ。そんな中で『罪と罰』や『悪霊』が生れたという。まさに地獄のような現実であったからこそ、ドストイエフスキイは底知れない井戸の底まで落ち、暗闇で光をさがしさがし、やっと這い上ろうとするその苦悶の中に絞り出された小説だったのだろうか。読むだけでさえ精力を使い果すのに、そんなさ中でどうして精神を支えることができたのだろう。

この人間の奇怪さ、貪欲さ、粘りづよさ、ロシヤという風土のかもし出す濃厚さ、とても淡白な日本人にはついて行けない。これでもか、これでもかと迫ってくる、もういやだ、と思いきや、実によくわかる、わかりすぎる、濃厚さも貪欲さもねちっこさも実はみんな自分の中にある。およそ小説を読んでこれほど面白く熱中できるものは他にない。くたくたになって気がつけば極悪非道な自分がいる、決して他人事ではないのだ。そこが決してほかにはないドストイエフスキイの真骨頂である。

人間が好きで好きでたまらない、自分の創り出した人物を深く愛し、深く憎み、深く蔑み、深くいとおしむ。こんな年になって小説の主人公に胸をふるわせている自分が信じられないなんて思うのは、ひょっとしたら年をかさねたからこそかも知れないと思う。はるか遠ざかる夢も恋も霧の中、消え去っていった今こそ、葉脈の白く透けるような老いの身になって、ようやく訪れる鈴の音、遥か彼方から聞こえてくる鈴の音は、真実一路の旅なれば、真実鈴ふり思い出すとよく母が言っていた鈴の音だ。その老境に思いがけずこの虚構の世界、ドストイエフスキイの描く世界が一路あらわれたのだ。

所詮人間は年などに関係なく（或は年なればこそ）どこかで途方もなく天駈けり、夢を綾なし、前後の見境もなく人間に涙し、惚れ、憎悪し、吾身を没するほどに小説の中に身を投ずるものか！　こんな晩年があらわれようとは思いがけないことである。

（三）

Tさんから佐藤清郎というロシヤ文学者のドストイエフスキイについて語る録音テープをいただいた（平成十五年五月二十一日　NHKラジオ深夜便）。続けて二ど、翌日も聞いた。わからないところはノートして一言一言聞きもらすまいとして聞いた。

佐藤さんの実直な、重々しい声、真摯な語り口はまさにドストイエフスキイにぴったりだ。信仰と不信の間をいったりきたりしながら真理は捨ててもキリストは捨てられない、と言った不思議な作家ドストイエフスキイは、汲めども尽きない泉であるといい、西田幾多郎もドストイエフスキイのことを現象の底の底をみる作家であるといったという。

人間とは何か、世界が自己自身を喪失し、人間が神を見失った時、世界はどこまでも個人的、私欲的になり、闘争的になり、いずれ共食の時代が来る。人間が生きる意味を失い、浅間山荘事件や、『悪霊』の中のアナーキストのような悲惨な結末が来ると語っている。ドストイエフスキイも十七歳位の時、兄ミハイルにあてた手紙で人生の謎に直面し、人間の中に人間をさがし求めて小説を読むようになった。人間とは秘められた存在だ、だから推察するしかないのだと思うようになったと語っている。この少年時代のことばはドストイエフスキイの一生の計画と覚悟をすでにあらわしている。

ドストイエフスキイの文学を総括すると、人生とは何かを省察し、読みとる文学ということになると思う。一八二一年にモスクワのマリヤ施療院で生れ、佐藤さんはここを訪ねている。またアレクサンドル・ミュケラザーという大修道院の墓にも詣でている。

『死の家の記録』の中で私がずっと心にのこっていたデカブリストの夫人達、そのうちの一人に流刑の途中で聖書をもらい、ずっと獄中もふとんの下にいれてそれを読んでいたというところがずっと忘れられなかった。刑の間、ドストイエフスキイの心の支えにその聖書は必ずなっていたと私は確信していた。そのことをこんどはじめて佐藤さんの話で知ったのだ。流刑の道すがらオムスクという地でデカブリストの夫人達、とくにフォンデイジーナ夫人に出会い、手厚いもてなしをうけ聖書をもらった、その中にはお金もはさんであったという。デカブリストの夫人達というのは、貴族の夫人達で彼女らの夫も思想犯で流刑されているという。

ドストイエフスキイがその聖書をどんな思いで獄中持っていたか、何か思い出すたびにあの陰惨な生活の中でふとんの下に小さな光が射しているようで、私はこの話をテープで聞いたとき、涙のでる思いで、あっこれだったのだと胸が熱くなった。というのはドストイエフスキイが、神への不信、キリスト教への疑念、自由への渇望と絶望、社会主義思想に走り投獄されながらもなお聖書を大事に手放さなかった、彼は無神論を度々口にするが、どれほどキリストを想っているか、キリストへの愛をあふれるほど抱いていたか、彼ほど十字架のキリストを想っていた人があるだろうか、そう思うことこそが私にとっていちばん核になることだと、この一冊の聖書で思うのだ。いかに悪辣で、憎みてもあまりある悪霊のスタヴローギンも、老婆殺しのラスコルニコフも必ず最後はキリストの胸にいだかれると信ぜずにはいられない、と思わせることとこそドストイエフスキイの力であり、愛である。

暗く、重く、自己欺瞞の自虐のかたまりのラスコルニコフ、こんな嫌な奴をどうして愛してしまうのか、これが人間の謎だ。不気味な世相、飽くなき戦と報復、自爆テロ、救いのない現代をドストイエフスキイだったらどう描くだろう、もうすでに予言していた。信仰と疑惑のはざまにあって、真理は捨ててもキリストは捨てられない、たとえ、真理はキリストの外にあってもキリストは捨てられない。不幸の中における枯草が、水に飢え求めるように信仰を求める。信仰の渇き、孤独と静寂の瞬間に、「ほら、あの方だ」と思わずつぶやく。キリストより美しいものはあり得ない。教会にもいかず説教もきかない彼が、必ずどこかでどん底でキリストに出会っている。ハンス・ホルバインの十字架からおろされたキリストのことが、『白痴』の中で語られているが、あの惨たらしいキリストをドストイエフスキイは強く心に刻む。

神はあるのか、ないのか。もし本当に神がないのなら何をしてもいいのか、許されるのか、誰もみていなければ何をしてもいいのか。『カラマーゾフの兄弟』のイワンは、俺は神をみとめないいんじゃない、神のつくったこの世をみとめないんだ、とあの「大審問官」の中で語っている。調和なんかいらないと。

ゾシマ長老の夭折した兄は死の間際に、私達はみんな罪人です、欲望にまみれたエゴイストです、助け合い、悔い改めるのです、と語っている。

ドストイエフスキイ自身も死の際に、子供達に言いのこしている。ルカ伝の放蕩息子の個所を決して忘れないでおくれ、主へ謙虚にお許しを希うことだ、放蕩息子が帰ってきたときのように主はおよろこびになるだろう、お前達の生涯におかした罪を敬虔な思いで懺悔した時、必ずお許しになるだろう、自分はお前達に少しもお金をのこすことが出来なくて許しておくれと、聖餐をうけて亡くなったという。

ドストイエフスキイは死後、ある友人からひどい中傷をうけ、嫉妬深く意地悪な人だといわれたが、トルストイはそれに対して自分もまた全く嫉妬深く、意地の悪い人間ですと弁護し、アンナ夫人も夫は人間の理想の人で、善良で、寛大で、欲のない、情の深い、まっ正直な人間ですと語っていたという。ドストイエフスキイほどの人を語り尽くすことなど絶対にできはしない。たしかに癲癇病の、自閉症の、賭博狂の、不倫の、現実にはどうしようもない人間だったかもしれない。友人にさんざん悪口をいわれても、そうかもしれない、当然です、と私は言いたい。皮肉たっぷりに嫌味に人を傷つけたこともあるでしょう、けれど誰が彼ほど身を削るように、泥沼に沈みこむような人に光をあて、鞭の下に死んでゆく老馬に胸をちぎられる愛情を寄せ、貧しく虐げられた人と共に生きた人がいるだろうか。あそこまで描けるということは自分がそれになりかわって鞭を受けているにちがいないのだ。それだからこそ我々読むものに同じく鞭になって伝わってくるのだと思う。

（四）

昨夜この山小舎に来た。秋はすこし後ずさりして、ひっそり立ち去ろうとしている。十日ほど前のあの輝く紅葉、黄葉は散りつくし、山毛欅《ぶな》、小楢の落葉樹が燃えるように夕陽を浴びている。この山里の厳かな秋の終焉だ。

昨夜から晩年近くの「作家の日記」を読んでいる。胸が重苦しく物哀しいのになぜこんなに明けても暮れても彼にとりつかれているのだろう。彼の現実生活といえば、書きかけの原稿、まだ書いてもいない小説まで前借して、妻の御産の費用もはらえず、兄の遺族に妻の外套を質に入れて送金してやったり、アリョーシャという三歳の愛児が死んでしまったり、あまりに私生活は悲惨である。

そんな中であの大小説が生れている。憎いほどの冷静さ、小説の筋立てはいささかも乱れず、綿密に周到に描き上げてゆく。晩年には少しゆとりが出来て社会的にもみとめられてきたというのに、彼に会ったフランスの外交団の一人が、「人間の面相の中で、これほど積りに積った苦悩の表情があらわれている人を私は知らない」と語ったという。人間のあらゆる辛酸をなめつくし、それが顔に刻まれていないはずはない。さもあろう、さもあろう。

しかし一方、これだけ周囲に迷惑をかけっぱなし、自分の仕事に没頭していれば世間は彼を何というだろう。彼の意地悪く陰惨な面をえぐるように酷評する批評家達もあらわれて当然である。たしかに読むのさえ吐き気がするほど惨酷な少女虐待の描写などはもう許せない。どうしてそこまで描かなくてはならないのかと。それが虚構であることも忘れて彼を憎みたくなる時もある。しかし、『地下室の手記』『死の家の記録』を読んでからは、流刑、地下の暗黒、救いのない絶望的な集団の中にあって、人間がどうなってゆくのか、むごたらしく死んでゆくだけなのか。そんな中でも染まらずに無垢の魂が生きつづけていけるのか、うずまく疑問に押しつぶされそうになりながら、彼は小説を書くべく十字架を背負ってしまったのではないかと、娑婆へもどってきた時、それが使命のように彼をかりたてて書かせたのではないか、もっともっと理解したい。

ひとりひとり違った人間が自分の人生に照し合せて好き勝手にドストイエフスキイを愛したり、憎んだりしながらなぜこんなにも離れられないのか、従《つ》いてゆきたいのか、ふしぎだ。すでにドストイエフスキイの生活は破綻している。賭博に身をもちくずし、不倫し、身辺の人々にあらんかぎりの不義理をしているのに、なぜ作品だけが破綻しないのか。世界最高の不朽の名作を次々に生んでゆくのか。百年後の東洋の片隅の年老いた人間に涙をしぼらせる、胸をえぐらせるのは何故か。人間のこの不可解な存在を書かずにはいられない天才の宿命だろうか。

昨夜、『地下室の手記』を再び読み上げる。

「ぼくは病んだ人間だ、ぼくは意地の悪い人間だ」にはじまるこの長い長い独白。これでもか、これでもかと自分を裏返したり、ひねったり、絞り上げたり、くちゃくちゃにしてみせて、どんなに自分が最低のひねくれもので虫けらにも値しない醜い人間かとまず読者に刻印づける。そして人が近づかず、憎まれたり、いやがられると、やっぱりそうだ、自分は嫌われものだと百倍位誇張して、それをまるで楽しんでいるかのように自虐をくりかえす。読んでいてちっともうれしくなく、重苦しくてもう止めようと何ども思うのにいつしか引きこまれていって、決して他人事《ひと》とは思われず、一気に読まずにはいられない。

ふしぎなことに読み終るとすぐまた読みたくなる。主人公は救いようのない自家中毒の重症にもかかわらず、どこかまるで逆の客観性のある並はずれた秀逸な頭脳の持主で、時には驚くほどの透徹した真理をぱっぱっと煙の如く吐き出して、これは、これは、ひょっとするとまるで逆の人間で自分を手玉にとって遊んでいるのではないか、もて遊ばれているのは読者ではないかと思わせる。演技のようでもあれば真摯な告白のようでもあり、次第に煙に巻かれて地下深くひっぱりこまれてしまいながら、ひたすら自家撞着、自己欺瞞のひとり芝居に飽き飽きするかと思いきや、到るところに散りばめられている社会批判の痛烈さや自分自身の信条告白とでもいう全くの逆転思想におどろかされる。結局私などあちこち引っぱりまわされて決定的なことは何一つ言えないにもかかわらず、何かを知りたい、この小説を砥石としてもう少し磨きをかけたいと思うのは現代の作家のものを読むのと全く違ったところである。

面白く、かっこよく読者の心理を先どりしてところどころにご馳走をしのばせて楽しませてくれる現代小説は、その時は面白くて夢中で読む。しかし、二ど、三どは読みたくない。しかしドストイエフスキイはまるで読者のことなんかおかまいなしにどう思われようが書かずにはいられない。私生活も明日をも知れぬ崖っぷち、そこにふみ止まって、何だかヤケっぱちになって書いているようなところさえある。だから私は他の小説を読むのと全く違って、作者との距離が気がつくと急接近していて歯車がきりきりと触れ合って火花を散らしそうになっている。何だかこちらも妙に肩入れして、「よし、そこまで行くか」と覚悟をきめたりしている。自分とドストイエフスキイが誰も入ってこない部屋に閉じこもって行くところまで行く気になっている。誰にも犯されない領域、そんな読書の醍醐味を誰が味あわせてくれるだろう。

（五）

秋はもう消えかかり、薄の穂は吾を忘れたかのように呆《ほう》けて、ぼうぼうと穂をなびかせて光のままにゆれている。神々しいような狂おしいような姿で。ところどころ真赤に燃えているのは漆《うるし》か、岩の間から簪《かんざし》のように枝をさし出して、必死で染まっている。

先日から谷崎潤一郎の本を読んでいる。

数ある作品の中から一つを挙げようと思えば『春琴抄』だ。どんな細部にわたっても類《たぐ》い稀な宝玉のように精妙に彫りこまれている。春琴と佐助は今も生きているよう。本当に墓参りに行った人さえあるという。豊潤な文章の行間から立ち昇ってくる香りに酔う。小説を読む最高の醍醐味、それはそれで捨てがたいのに、やはり再びドストイエフスキイだ。今私が求めているのは幽玄華麗な文章の美ではなくて、人間の汲めども汲めども尽きない底知れない暗い淵にのぞむことだ。

どんな悪党も、飲んだくれも、貴族も子供もひとしなみに愛している。天から地の底へ、富から貧のどん底へ、清から濁に、賢者から愚者へ、喜劇から悲劇へ、こんなにいそがしく走りまわり、こんなに人間に奉仕している人があるだろうか。ヘトヘトに疲れ、ボロボロに引き裂かれ、自分の才能のために擦り切れそうになりながら、こんなにすごい文学を地上にのこしていった人、かけがえのない人、彼を愛して止まない人が世界中に何百万といるだろう。そのはしくれに私もいる。尻尾の先っちょにかろうじてぶら下っているくらいの私だが、この手をはなせない、どこまでもつながっていたい、この私の晩年の生甲斐なのだ。私の手にあまることはよくわかっている。とんでもない思いこみをしているのか、空恐ろしいことかもしれない。

しかし朝の目覚めに立ちあらわれるのはドストイエフスキイである。

どんな人間もすでに彼の小説の中に存在する。架空の人物、家庭、事件と思って読んでいる中はまだ小説の中に入っていない。つくられた人生、運命だと思っている中はよそごとなのだ。しかしひとたび心を転じると、それはそのまま自分の人生、自分の運命だということに気づく。すぐ間近に今日にも明日にも起り得ることなのだ。その一粒の人生をとり出してドストイエフスキイは千粒、万粒の人生を描き出してゆく。どんな人にも、どんな運命にもその人になりかわって身を焦し、傷ついて、共に生きようとするのがドストイエフスキイである。どんな苦悩の種子であろうと飲み込んで書かずにはいられない。息のつづくかぎり走りつづけ、気付いた時はもう死が目前に迫っていた。

今『カラマーゾフの兄弟』の二巻にさしかかった。ゾシマ長老の回想。幼年、青年期、兄のこと、巡礼など、一巻目の大審問官、イワンの告白、反逆などとは全く対照的だ。人間の裏表、光と影のようだ。ロシヤの修道僧、今は亡きゾシマ長老の生涯を、長老自身の言葉をもとにしてアレクセイ・カラマーゾフが編纂したゾシマ長老の若い兄からはじまるこの章につよくひかれる。この若い兄の死を思うと、私は十九歳で亡くなった私の兄、小野凌のことを思い出す。

私は二歳の時から養女に行って、この兄と暮すことはなかったのだが、母は私がこの兄に一ばん似ていると言っていた。顔立ちはたしかによく似ているが、私などくらべものにならないほど兄は心が優しく仏性の豊かな人だったという。友人や肉親のことばかり心配して、自分のことはあとまわしにして、病気が進行しているのに無理をして、気付いた時には、全身結核菌に犯されていた。母や姉の話では兄は周囲の人達に気をつかい、いたわりつづけていたという。最後まですべての人に感謝して逝ったという。何だか修業を積んだお坊さんのようだったと母は語った。慈愛にみちた優しい笑顔で母をいたわりつづけたという。

私が十七歳の冬、はじめて両親、兄弟を知らされた時、既に兄は病篤く伏せっていた。この世で共にすごす時間があまりに少なく、縁のうすい兄妹であったせいか、高熱の病床で私がはじめて機にむかって織るのを許してくれた。一刻の時も惜しんで傍においておきたいと思ったのだろうと母は語った。

晩秋の森の中の墓地に葬られる時、禅宗の僧侶が天地を引き裂くように、「喝」と叫んだ声が七十年を経た今日も鮮やかに響いてくる。地上の煩悩を絶つ一声であったのだが、私には汚濁を知らない青年の魂に何か苛酷すぎる思いが胸を貫いて忘れられない。

ゾシマ長老とアリョーシャの深い霊的な結びつきが師と弟子という間柄を越えて身に浸みわたるように語られている。ドストイエフスキイの描く人物は決して一筋縄ではない。天性無垢といわれるアリョーシャでさえ、その天性による客観的な冷静さ、鋭さは、人の心底を一瞬にして見抜く能力をそなえているような気がする。善人がそのまま善人であるはずがない。一皮も二皮もむいてもむいてもなお割り切れるものではない。

昨夜、二巻を読み終った。魂の苦難の遍歴。第一の苦難、第二、第三とどんな推理小説もかなわない息もつかせぬ迫力。何ども読んだから筋はよくわかっているのに、全くはじめてのように驚き、私って一体何を読んでいたのかと思うほど自分の中で新発見している。

ミーチャが署長や検事や村人にとりまかれてだんだん囚人にされてゆく。服をぬがされ、靴を、靴下をぬがされ、一言一句疑われ、せせら笑われ、侮辱に侮辱をかさねられ、自尊心に火がついて無防備な自白をする。自分の真情を語れば語るほど不利な証言。グレゴリイの頭をぶちぬきながらもう一ど引きかえして血を拭ってやり、自分の育ての親に対して何ということをしたのかと哀しみに沈む思いを、検事は罪をかくそうとしているとしか思わない。相手に絶対理解できないドミトリイの真のやさしさ。自分の利になるところだけは言わない、そういうどうしようもない人間の奥底を実に巧妙に、緻密に、的確に展開してゆくミーチャの公判場面、検事や検察官の意気揚々として、その職務をかさにきて栄光にかがやいている一方、あまりにむきだしで、何の備えもなく自分をさらけ出す男のみじめさ、むごたらしさ、かわいさ、いじらしさ。他人にとってはあまりにとるに足りないぼろ屑としかみえないものを胸にだいて、後生大事に、自分は泥棒ではないと、彼は命にかえて守ろうとしている、最後の自分の良心、真実。それを人は一蹴し、あざけり笑うばかりだ。

たしかに彼は愚かで超利己主義だ。こんな人物が身近にいたら早く消えてしまってほしいと思うだろう。それが肉親であったりしたら、かばいたい思いに身もだえするだろう。彼のために一言いいたい、彼は無実だと私でさえ叫びたいのだ。わかりすぎるほどわかるから、ここまでしつこくついてきてしまったのだ。心弱く、わがままで、感情が烈しく、繊細で情にもろく、何の役にもたたない人間――そういう人間は小説の中だけじゃない。すぐそばにいるのだ。肉親の中にだっているのだ。いや、自分の中にだっているのだ。それはとりもなおさずドストイエフスキイ自身なのだ。

ミーチャもスメルジャコフも彼の分身である。ミーチャは父親殺しではないにもかかわらず、殺してやる殺してやるとわめきちらし、人々に疑いの目をいよいよ深めさせる。ミーチャは殺人者でも盗人でもない。グレゴリイを殺したと思いこみ、自殺しようと思っている。しかし世間はそんなことは知らない。何とか殺人犯としてシベリヤへ送りたいと思っている。イワンさえ疑っている。アリョーシャだけは信じている。

アリョーシャは天性人の真実を見抜く能力を備えている。体のすみずみにまで知性と理性のしみとおっているイワン、悪夢、恐ろしい妄想、狂気にさいなまれ、もっと奥をのぞきこめ、もっと深層を知れといわんばかりに沼のようなイワンの地獄をみせつけられる。

スメルジャコフは何のためにこの世に生れてきたのか。「誰にも罪をきせないために自分の意志で命を絶つ」と遺書をのこして自死している。誰一人彼の死を悼むものがいない。彼はとんでもなく人間がわかっていたのではないか。謎のような悲惨な出生、癲癇病《てんかんやみ》、さげすまれ、いじめられて誰一人彼をいたわる者はなかった、作者のドストイエフスキイですら。単に階級差別というだけではなく、人間の冷酷、無関心、悪魔のような意地悪さ。スメルジャコフの救われようのない運命を思いやるものはいなかったのか。墓前に花をたむけるものはいなかったのか。

下巻「兄イワン」を読む。

気の狂う寸前まで自分をつきつめて許さないイワンの苦悩、不気味な悪夢、おそろしいと思いながら読まずにはいられない。何ど読んでも読むたびに苦しくなり、私の頭もどうかなりそうで、「もう限界」と頁を閉じる。それなのに翌晩になるとまた待ちかねたように頁を開く。読めども尽きぬ思いがたぎっているようだ。

「誤審」第十二章、登場人物の一人一人を克明に沈着に浮彫にする。グレゴリイ、グリューシェンカ、イワン、医師、カテリーナ、アリョーシャ。私達も裁判所内につめかけて、泣いたり、狂ったり、よろこんだり、怒ったり、振りまわされて、最後に大逆転。それを沈んだ眼でじっと見つめ、事実を正しく伝え自分自身はいささかも狂わないドストイエフスキイのふしぎ！

何億という思考細胞を駆使して、縦横無尽に自由自在に一人一人を浮び上らせ、たたきのめし、愛撫し、共に泣き、そんな筆先には超能力が宿ってしまって人間の限界を越えてゆくのか。ちっぽけな脳みそしか持っていない私のようなものまでなぜこんなに夢中にさせるのか、名状しがたい興奮状態におとしいれる。今まで接してきた日本人には全くみられない彫の深い貪欲なまでの魂の願望、自己探究と自虐。

ミーチャの千・万の毒舌、芯までさらけ出しても足りないのか、悪態をつき、うそぶき、底の底まで自分をおとしめる、そんなミーチャを救いたい、抱きたいという本能が湧いてくる。

カーチャを見よ。この法廷で唯一気高く美しい貴婦人としてカテリーナはみずからの屈辱、誇りをすてて皆の前で裸になって命がけでミーチャに愛を告白する。しかしその愛は憎しみと嫉妬《しっと》の裏がえしなのだ。たまたま法廷にあらわれたグリューシェンカの烈しく愚かしいまでの愛情にうちのめされて逆上し、カテリーナは一変し、ミーチャを殺人犯として訴える。

愛と憎しみの紙一重の大逆転、男女の愛の両極端をみせつけるような終局である。イワンは失神し、病に犯されるが、ただ一つカテリーナに対する想いだけはあの冷静すぎる魂に熱い息吹をふきかえらせるのではないかと、望むべくもない望みをいだかせる。

（六）

「小屋での病的な興奮」「すがすがしい大気の中で」を読み、この二章だけでもどんな小説にもまさる迫力を感じる。

少年イリューシャが、父親のへちまといわれる貧弱な顎髭をひっつかまれて、公衆の面前でひきずりまわされ侮辱をうけているのを、「パパを許して、パパを許して」と泣きながら訴える。学校では父のことを生徒達からからかわれ、いじめられ、それに反抗して生徒達をむこうにまわして石を投げつけて暴力をふるう。しかし多勢に無勢、忽ちやっつけられて血を流しているところに、たまたまアリョーシャがとおりかかり、少年を助けようとする。少年は、「カラマーゾフ」と叫んでいきなりアリョーシャの指にかみつく。父親を侮辱したのはアリョーシャの兄、ミーチャだったのだ。そんなことは知らずアリョーシャはイリューシャの父、二等大尉スネギリョフのところへ或人からたのまれて訪ねてゆくところだった。

世に絵に描いたような不幸とか、貧困とかいうが、まさにスネギリョフの一家は、半狂人のかあちゃん、足のなえた天使のような娘ともう一人の烈しい気性の娘、そしてイリューシャである。イリューシャは胸を病んでいる。貧しさのどん底と病、自暴自棄の父親、酒飲みスネギリョフ大尉。そんなところへ飛び込んでいったアリョーシャはあまりの悲惨に声もでない。彼は兄ミーチャの婚約者、カテリーナからこの一家に謝罪すべく二百ルーブルをたのまれて持って来たのだ。スネギリョフはそのお金さえあれば妻や子供達を医者にみせることができる。イリューシャの学校での苦しみを引っ越しによって解決できる。何もかも一挙にすべてが救われる！

彼は夢かとばかり喜んでそのお金を受け取る。が、しかしすぐさま札束を地面にたたきつけて立ち去ってしまう。ぎりぎりの崖っぷちに立たされた時の、人間の決断、目の前の金か、自尊心か、最後の誇りを捨てることは出来ない。「そんな金を一家の恥とひきかえにもらったらうちの坊主に何といったらいいんです！」涙にふるえる声で叫ぶとスネギリョフは狂ったように走り去るのをアリョーシャはつよい痛みと哀しみに打ちのめされてみおくる。

少年イリューシャは勘のするどい子だった。可愛がっていた犬ジューチカに針を飲ませてしまった。犬は姿をみせずどこかで死んでしまったのだろう。イリューシャは死ぬまぎわまで心を傷めている。僕がジューチカを殺したんだと。かつてイリューシャをいじめた少年達とアリョーシャは最後にイリューシャをいたわり、ずっと付き添っている。もう六十年位前、私は病床の兄に枕元で『カラマーゾフ』を読んでいた。その時、兄が少年イリューシャのことを心に刻んで、まるで自分が犬に針を飲ませたように傷々しい少年の心を気づかっていたことを思い出す。兄の死とかさなってずっと忘れられないでいる。

ドストイエフスキイの小説の中で、このスネギリョフ一家とよく似た悲惨な一家がある。『罪と罰』のマルメラードフ一家だ。貧しさのどん底で、なぜか飲んだくれて、娘を売り、その金さえ飲んでしまったあげく、車に轢《ひ》かれて死ぬ。よくもこんな哀しい父親がいたものだ。克明に浮彫にされる人間の地獄の断面図ではあるけれど、そこに我々が胸をしぼられるのはなぜか。感傷でも同情でもなく、湧きあがる執拗な人間の煩悩、浸《にじ》み出る愛、こんなにも家族を愛しきれないほど愛している無能な父親。

あゝ、マルメラードフ。私は思わず彼を抱きしめたい気がする。それこそ、ドストイエフスキイの深遠な筆の力である。どんな名画にも描ききれない一場面、一場面が無数に積みかさなって、その奥行きがどこまでもどこまでも開かれ、私達を導いてゆく。自分の胸の中のまだ開かれていない場所まで気がつけばたどり着いている。人間の、人間のこんなにも複雑で名状しがたい懊悩や悲しみが累々と積みかさなっているところまで。

（七）

コンスタンチン・モチューリスキイの『評伝　ドストイエフスキイ』を読んでいる。

七百頁にわたる部厚い本なので読めるかしらと思いつつ、どんどん引きこまれていくのは書いた人が私を助けて、呼んでくれているような気がする。この中にいるドストイエフスキイと一緒に。

この書によると、ドストイエフスキイの生涯がきわめて悲劇的で、孤独だったことが実によく分る。『罪と罰』の提起した悪の問題を同時代の人はどこまで理解できたか、その時代のずっと先を読み、作者は先を走っていた。果して百年先その全貌がみえてくるのだろうか。しかし遠い異国の片隅の人間でも心を熱くして読んでいるのだ。そしてドストイエフスキイ自身のことをもっとよく知りたい、身近に彼を感じたいと願う。

すべての人間が生い立ちと、その環境に何か決定的なものを組み込まれ、人間形成に最後までかかわり、その人の霊魂に測り知ることのできないもの、前世、カルマ、運命という内的なものがあたえられるのだと思う。ドストイエフスキイの生涯をたどれば、どんな細部の一つ一つにも厖大な神のはからいが組み込まれていて、その才能がはぐくまれていったのだ。そのような重荷を背負わされた作家はどんなに苦しかったろう。

十七歳の時、兄ミハイルにこんな手紙をおくっている。


「人間の魂の世界は、天なるものと、地なるものとの合流から成り立っています。人間は何という違法の子でしょう。人間の内なる本性の道理は破られています。わたしには、この世は罪深い想念によって曇らされた天なる精神のさまよう煉獄のような気がします。……」

「人間は謎です。それは解き明かさなければなりません。もしも生涯解きつづけたとしても時間を無駄にしたとは言えないでしょう。わたしはこの謎と取り組んでいます。なぜなら人間でありたいからです」


人生の出発点のその時から、自分の生涯を予言していたような気がする。『貧しき人々』から最後の『カラマーゾフの兄弟』まで、まさに人間の謎、謎、とめどなく深まってゆく謎の渦中に身を曝してゆく姿が見えるようだ。

この評伝を最後まで読み切れば私は満足するだろうか。読んで読んでもうこれでいい、ドストイエフスキイは終ったと思うだろうか。いやそれどころではない。はじめっからまた読みたい。私ののこされた時間と、わずかの余力を全部ここに注ぎたい。どれ一つの作品をとっても欠くことが出来ない謎が深まるばかりだ。

もし時間が許されればもっともっと読んで、この人と共に深い谷底までひきずり下され、その手の先にもふれたいと思う。何を知りたいのか、わかっているようでそれは言葉にできない。いくら生れ変ろうとこの人に、その足の指先にもふれられないことはよく分っている。しかし神への不信、キリスト教への疑惑、人間の自由への渇望と絶望、投獄され死を宣告され、シベリヤへ流刑され、どこまでいっても彼は神の問題を捨てきれない。キリストへの愛を捨てきれない。彼がどれほど人間を、キリストを愛しているか、人間として生き、十字架にかかったキリストをどんなに深く愛しているか、私にとってそのことが何にもかけがえのない心の支えでありながら、まだ信じきれない生涯の謎である。

悪霊のスタヴローギンだって、最後まで必ずキリストの胸に抱かれることを思っていた。老婆殺しのラスコルニコフだって、ミーチャだって、イワンだって、暗く空恐ろしい悪魔のような人間だって（なぜか悪い奴ほどひかれる、こんないやな奴をどうして愛してしまうのか）救いのない地獄へ落ちてゆくものにだってキリストがあらわれないとどうして言えよう。神はないと言うものにだって、キリストはあらわれるかもしれないのだ。ドストイエフスキイの作品を読むうちに私の中に芽生えたものが、そう思わせるのだ。同じ人間として血を流し、十字架にかかったキリストが常に、どこかにいることを信じないではいられない。ドストイエフスキイだって最後の最後まで神の存在を疑っていた。

「意識するにせよ、しないにせよ、私が生涯苦しんできた最も大きな問題は、神は存在するか、ということです」

ドストイエフスキイのすべての主人公は、神に苦しめられ、彼のすべての作品は神に見捨てられた人類の運命を描くために捧げられていると思う。そして死の前年、一八八〇年、ドストイエフスキイは最後の力をふりしぼって、懲役労働者のように、発作と肺気腫に苦しみながら終日机にかがみこんで十何時間も書きつづけた。カラマーゾフの最後の仕上げに神経をすりへらし、三年間熟考を重ね、構成に力をいれたものさえ反古にして、まさに命をすりへらす総仕上げだった。

「余命はいくらものこっていません。何もかも放りぱなし、子供にも口をきいてやるひまがありません」という中で、多くの訪問者の願いごとを聞いてあげる。その頃友人に打明ける。

「たびたび何日となく跪《ひざまず》いて祈りました。どうか清い心をおあたえ下さい。純潔で、汚れな

い、いらだたず、嫉《ねた》むことのない言葉をお授け下さい、と」（一八八〇年十一月、イワン・アクサーコフ宛て）

そして彼は死の床で、子供達に、「人間よ、謙虚になれ」という言葉をのこしている。子供達に放蕩息子の聖書の話をよんできかせるように妻にたのみ、「いいかね、二人とも今聞いた話を忘れないようにしなさい。私はこの上もなくお前達を愛している。ひたすら神を信じ、どんな時も神の赦しへの希望をすてないように。私の愛は神のお創りになった人間すべてにそそがれる限りない神の愛とは比べることもできないよ。けれど私の愛は神のお創りになった人間すべてにそそがれる限りない神の愛とは比べることもできないよ。もしもお前達が一生のうちに罪をおかすようなことがあっても、それでも神への望みを失ってはならない。お前達は神の子なのだから。神の前では、謙虚でなければならないよ。神に赦しを乞うて祈りなさい。そうすれば神はお前達の懺悔をよろこばれるに違いないからね。放蕩息子がかえってきたのをおよろこびになったと同じようにね」と、これが最後の言葉だった。

あんなにも神のことで苦しんだドストイエフスキイがこの瞬間、神の御胸に抱かれたのではないかと信じたい。愛する者への最後の言葉がドストイエフスキイの魂をようやく解放したような気がする。

折々の記

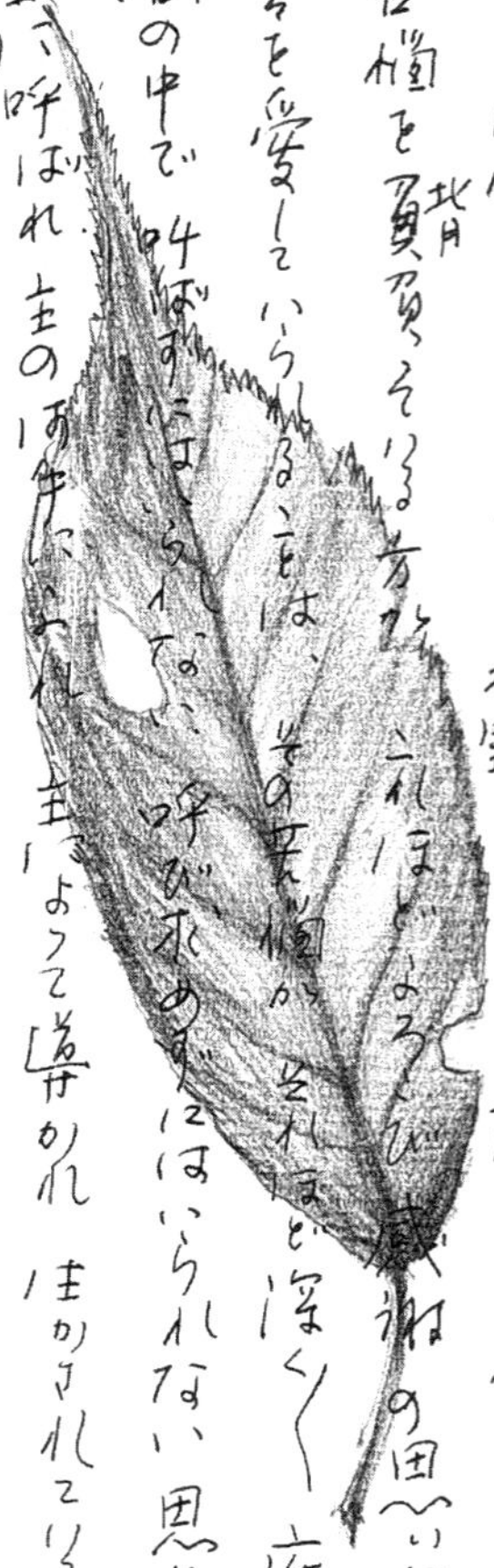

平常な知識で不自由なく生きているときは 実はある点では
目もみえず耳もきこえず手足もつかえないほどの不自由さの中に
生きていることだ この世の中で一ばん美しい、一ばん けがれないものを
知らずに生きていることだ。 水野さんのように想像を越えた苛酷な
苦悩を背負っている方が それほどよろこび感謝の思いにあふれ
人々を愛していられることは、その苦悩がそれほど深く底しれない
闇の中で叫ばずにはいられない、呼び求めずにはいられない思いが
主に呼ばれ 主の御手にふれ、主によって導かれ 生かされている
信仰のない私にも それが伝わり、涙が胸にあふれる。 そういう時
必ず主があらわれ その呼び声に 気づくのが 神の存在か。

松園と母

二十年ほど前、上村松園について書いたことがあって、その頃私は、「夕暮」が好きだった。「もう一寸、ほんのこれだけ縫うたらしまひのんやよって、ほんに陽のめの昏うなった！」（青眉抄）

御針をする母の後にちょこんとひかえて母の仕事の終るのを待つ少女、松園がこの絵にかさなって見える。質素な瓦茶色の無地の着物、淡緑の格子の帯、御針道具と細めにあけた障子、黄昏の外光の中に針のめどに糸をとおす遙かな目ざし、聡明な意志の宿るその眼は母をとおして松園の眼だ。母は松園の芸術を愛し守ってくれる唯一の人だった。その面影は松園にとって菩薩様のようだ、と昔私は書いている。私もまた心から仕事を応援してくれる母をその頃失っていたせいか、とくにこの「夕暮」の母が好きだった。

その頃からはるか時を経て、再び松園の画業の前にいる。何かが違ってみえる。それは当然のことではあるが、松園の仕事全体から大きく浮び上ってくるものは、日本のその頃に生きた人々、女性の姿である。何という奥床しさだろう。深く深く心のうちに浸み入る床しさ、言葉にもならないほど慕わしい人々。わが母、祖母、明治生れの家庭の奥深くにひっそり暮した人々の衣ずれの音、囁き合う可憐な会話、すこしみだれた裾のすきまにみえる白い足、小さくてぺたんとした足のうらまで可愛らしい。真赤な蹴出しも、羅《うす》ものに透けてみえる白地に赤のくっきりした長襦袢も、そういえば見たことがある。紫に藤の帯、黒地の桜模様など母の箪笥の中にみえた。櫛、笄《こうがい》も刺繡の半襟も次々に目に浮ぶ。みんなどこへ行ってしまったのか。松園の女性の内奥にみんなしまわれてしまったのか。どんなに豊かに繊細に衣裳は整えられていたのだろう。時がゆったりと、静かに過ぎる中で女性達もそのリズムで花見に、紅葉狩りに、装いをこらして出かけたのだろう。その昔を現代と比較して嘆くのは止そう。

松園という人が描きのこしてくれたこれ等の女性は、まぎれもなく我々の母であり、祖母なのである。血はあきらかに流れ、脈打って娘、孫に伝わっている。何と床しい日本の女性だろう、と深く心に刻んでいよう。このたび私が真新しくも目に焼きついたのは、「母子」（昭和九年）の姿である。なぜ気付かなかったのだろう。何ども何どもこの絵を見て、展覧会場でこの絵はがきを買っているのに、最も心ひかれる絵だと思っていたのに、実は何も見ていなかった。

中国風の斑竹の優雅な簾の影から忽然とあらわれた母と子、何かこの世のものではない、精霊のようにさえ思われる。一刷《ひとはけ》の紅の影もない磁器のような白い肌、青眉とお歯黒、乳くさい児を抱いている母親とは思われない清艶さである。

松園は松篁という優れた画家を産み育てたまぎれもない母親である。母仲と娘の松園、そして今は息子松篁と氷水《こおりみず》を絞り上げたようなきびしい紐がそれぞれの肩にしっかり結ばれ、芸の精進が続いたのであろう。そういう母と子の清潔な間柄であったればこそ、創造の世界では、これほど幽玄な母子を出現させているのかと、はっと驚くのだ。母が子を抱く乳の匂い、血の匂い、その執着はどこへ行ってしまったのか、非日常のきれいごとでは絶対にすまされない母子の、これはまさしく磨ぎすまされた一瞬の幻であろうか。ダヴィンチやラファエロの聖母子ともちがう。竹林の中を小走りにかけ去ってゆく後姿をみやるような思いでこの絵に見入る。

松園の女像をみると必ずどの絵にも襟の奥、袖口、振り、裾などから紅がこぼれていて、地味な着物ほど妙に生めかしい。ところがこの母子には全く紅がない。むしろ紅を許さない。松園は母と子の断面に決して紅を許さないのではないか、まして母と息子、それが松園の禁色であったのではないだろうか。マリヤとキリストの中にもそれはあったに違いない。「息子こそ永遠に母のものだ」と。

松園が生きた道、画業を若い時からずっと慕わしく思いつづけてきた私は、今こうして松園より更に年をとって自分の人生にかさねてふりかえってみると、その一歩々々の純度、揺ぎない仕事への愛情に胸打たれる。

糸にたとえれば、その繭の質のよさ、撚り、練りにもすべてが損われることなく、ふっくらと見事に仕上っている資質に対して、精進、精進こそが一本のみちになって続いていた。

青磁いろに紅解け鼠の縞、うす紫の半襟に黒の帯。

松園の「母子」の自作解説によれば、

「明治初期頃の京の町の中京辺の良家の御寮人というような風俗で母子の情趣を描いてみたいと思いました。髪を両輪に結び髷を包んでいるのは当時の風俗の一つでした。それはきゃらの油で結うたので髷にほこりなぞのかからぬように大切にする為でもありましたが一寸なかなか風情のあるものでした。これは私の幼い頃によく見たものでした。人物の着色はなるべく単純にしまして、後の斑竹の簾の方にむしろやさしい美しさを出してみました。」

とある。

この年の二月、大切な母を亡くした松園が、母への追慕の気持をこめて描いたものであるという。いくつになっても母を亡くす寂しさはたとえようがない。私も最後の病床で、母が布団から手を動かして、「トントンしてや」と言ったことを思い出す。いつまでも機を織ってや、ということだったと思う。

松園が、「あの頃の京の町の人たちの、もの静かで優しかったこと、今の人にもの静かを求めるのは無理かもしれないけれど、優しさだけは取り返してほしい」といわれたという。松篁さんの母の思い出をよむと、黄八丈の着物に黒縮緬の羽織を着て、「ちょっと博物館にいってきます」と風呂敷に包んだ縮図帳と、帯に真鍮の矢立をはさんで出かけられたという。奈良に疎開されてからは、自分で髪を結い、小さな髷を青い布で包んでいた。半白の髪に浅黄の布が

上村松園「夕暮」

上村松園「母子」

よく合い、白茶の着物を着ている姿をある人が青巾の仙女といわれたという。私の友人も昔ある能の席で髷を紫の布でまいて坐っていらした松園さんの姿を能舞台にのぼる方の如く、端然としていらしたと語った。

松篁さんが雞の鳴く頃まで夢中で絵を描いていて、ふと遠くの母の画室をみやると、まだ灯がともっている。「お母さんまだかいてはる」と思って、「もう夜が明けます」と声をかけると、「もう寝ましょう」とすまなそうな笑顔を向けた。またある時は松篁さんの画室に声をかけ、「もう休まんと毒え」といわれたという。ひたすらな母と子の精進が偲ばれる。大切にされていた縮図帳をみると、東洋の古名画はもとよりあらゆる小物に至るまで古画の縮図模写によって作品の骨格が養われていったことがよく分る。

「労して身につけたものは失わない」と母はよく言っていた、と松篁さんは語っている。

お茶はふしぎな木

宇治へ行った。御茶のことで教えを乞いに。古い茶園のFさん、初対面なのに開口一番、「お茶はふしぎな木です」からはじまって、たっぷり二時間無駄なく、あまり能弁でもなさそうな方が首をかたむけ、手を振りかざし、息もつかせぬ話しぶりにまず驚き、私もまたかたずをのんで一言も聞きもらすまじと対坐して聞き入った。最後の最後まで大事な質問はとっておく。

まず「土」、これが根本である。宇治の茶園の土は遠く足利時代から続く豊饒な土、といっても決して平坦ではない。年中雨風嵐、洪水に見まわれ、長い風雪の中でおのずとさだまった土、赤土と砂、堆積土（水にはこばれてきた土）、とくに砂土が多い。どんなに人間が努力しても土が悪ければいい茶は育たない。土こそが命である。土という大地の恵み、そこからすべてはじまる、と言う。

そこでFさんは艶々したまみどりのお茶の枝を一さし花びんに入れて持ってこられる。

「これが宇治で一ばんいい畑の、一ばんいい枝です」

濃茶にする葉だと言う。何という色艶！　葉の形、きわまっている。

「さて、この葉を摘みとって製茶するのです」

その手順のすごさ！　これはお伽話か。冒険談でも神話でもない。とにかく並の話なのに、茶の製造者なら誰でもやること、手作業、労働、こんなの当り前の話なのになぜこんなにおもしろいの、息もつかせない。私など仕事をしている人間だから、その微妙なコツとか、きわどさとか、絶妙なタイミングとかがわかるのか、思わず身をのり出す。一貫して修業とカンに尽きる、という、たしかに修業とカンはつきものである。

「私は露行灯《つゆあんどん》なんて呼んでますけど、まぁ、蒸し器ですわな。それが四つほど並んでますね。そこを蒸気が猛烈な勢いで吹き出ますわな。茶葉がまるで緑の蝶みたいに舞いますわ、ふわ、ふわっと。上から下へ、二十秒ですわ。香りと色をひきたたせるために、次から次へと数秒をあらそって五メートルくらいまで吹き上げるんですわ。急激な蒸気の勢いでそこに蒸し露がたまるのをいかに吹っとばすか。葉と葉がひっついたらあかん。何しろ一〇〇グラムのもんが一八グラムにまで急速に乾燥されるんや。八二パーセントは露ですわ。その露をどう蒸発させるか。三段になったベルトコンベアーの中を一〇〇度から一七〇度くらいの温度で急送させながら乾燥さすんです。」

といった調子。必死できさとるがおぼえきれない。

「まず茶の木に力がないとだめ。すべて人間がためされる。茶の最も優れた質を呼びさますんですわ。千円から何十万円という茶を産み出すのは人間の智慧です。自然の運行も常に注意してたくみに利用する。まず、柿の木の新芽がはじめて芽吹く頃、木の杭をたてて骨組をつくり、柿の葉で雀の姿がかくれる頃葦簀《よしず》で日光を遮る。これを雀かくれの簾拡げという。簾の上に稲藁を振る。次に四方たれ、稲藁で編んだカラス隠れの藁茸を垂らす。柿の葉がそれだけ大きく茂ってきたからカラスも隠れるということ。四方に黒い覆いがかかる。直射日光を避け、その覆いの中で茶葉が育ってゆく。にがみを和らげ、うまみをひき出すための覆いである。こうして、柿の葉の芽ぐむ頃からカラスの姿がみえなくなるほどの茂りの期間、葉茶は直射日光を避け自然のうまみを熟成させるのである。

いよいよ五月、茶摘み。その摘みたての葉を乾燥させたものを手にとってみせてくれる。何という緑！　濃い緑、まるで藍の葉のようだ。緑が青くなりかかってステンドグラスのように透きとおっている。

こんな美しい色をみたことがない。これこそ真の緑かと思う。その葉をこまかく砕き、石臼にかけて碾《ひ》く。抹茶が生れるのだ。その石臼からこぼれ落ちる緑の粉。湯をそそぎ、茶筅で泡立てても変らない緑。保存しても変らない緑。植物から緑が染まらないのに、なぜここでは緑が存在するのか。どうしてですか、私は思わずつよめってしまった。一ばんききたいところはここだったのだ。

「さあ、どうしてやろ、わからん」

と困ったFさんは言う。しばらくして、

「なぜやろ、粒子にするとあの色になるんやな」と。

それだ！　と私は思わず叫んでしまった。粒子、微粒子、微塵粉、どこかで質が変る。粒子にまでこまかくなった時、色は生《なま》のものではなくて、別の物質の色に変るのではないか。科学者でもない私が無茶苦茶なことを言うようだが、たしかにここにある緑は変らない。私が思う緑は瞬時にして消える緑である。たとえ十日でも二十日でも保っている緑は、茶葉の精妙な製法によってもう一つの新しい物質としての色を誕生させている、としか思えない。その秘密は粒子にあるのではないか。微粒子になると質が変るとか。

今、茶の木から摘んできた葉と、急速に乾燥させたてん茶の葉のみどりとくらべてみる。摘んだばかりの葉は瑞々しくつややかであるがいかにも生々《なまなま》しい。もう一つのてん茶の葉は黒ずむほどに濃い緑である。青ずんだ透明な緑、それは胸に響くほど美しく、何かこの世の色とは思えない。神秘な色と呼びたいほどだ。生々しい色は消えて、翡翠のような高質の色に、宝石か硝子質のものの色になっている。このてん茶を石臼で挽いて抹茶にすると、三たび色は変化する。黄味を帯びた鮮やかな鶸緑《ひわみどり》である。Fさんが「茶はふしぎな木」といわれたのはここのところか、茶の葉は三転変化し、三つの色を生み出す。しかも粉末となった抹茶の緑は変化しないのだ。緑の最後の秘密はそっとしておいて、御濃茶をこころしていただくことにしよう。

赤の秘密

再び宇治へ行った。先月茶園主のFさんに茶の緑のことで追求し、どうして抹茶の緑は消えないのかといって困らせたが、その時、粉末という発想から粒子、微粒子という風に発展し、Fさんの親戚の方が宇治で岩絵具をつくっている人がいる、その材料をこまかく砕いて粉末にすると最初の色がどんどん変ってきて、最後は白になる、といわれた。

その話を聞いて私はどきんとして、是非ともその方を紹介していただきたく、宇治へむかったのである。三室戸寺のすぐ傍、Mさんは兄弟でアフリカ、エジプト、インドなど世界の涯まで岩石をさがしに行かれるという。みたところ、石灰や石ころが山と積まれた工場であるが、室に入るや、四方の壁面にずらりと岩絵具の小瓶が並んでいて壮観である。何千という小瓶にはそれぞれ名前がついていて、群青、緑青、代赭、碧緑、白群、柳裏葉など美しい色名が並んでいる。しかしその色はすべて人工岩絵具（新岩絵具）である。本物の岩絵具はごく一部の壁面に四十種類ぐらい飾られていた。併しその色は抜群である。目が吸いついて離れない。

岩石の名前はマラカイト（孔雀石）、アズライト、ラピスラズリ、アマゾナイト（天河石）、黒曜石、辰砂水晶、とかげ石、方ソーダ石、黒雲母等、その一つ一つの岩石の魅力的なこと！忽ち圧倒的な感動におそわれた。

わずかひとにぎりの岩のかたまり、石ころなのに何と烈しく人をひきつけることか、今日はこれを見にきたのだ。何億年前の石のかたまりに会いにきたのだ。何も語らずこんな工場の片すみで粉々にくだかれ、擦りつぶされる石ころ達よ。やがてまばゆいばかりの絵画が都の画人達によって生れるのだ。その時あなた達はよみがえる。何というふしぎな存在よ。

何にも知らない私がこの石に出会った瞬間、気の遠くなるほどはるかなはるかな太古の空間を突っ走って地球の生成の果まで行くのだ。何ともしれない靄《もや》がたちこめ、うごめき漂うが次第に煙のごとく集り、一つのかたまりになってゆく。石に岩に山に次第に形成される。そのたったひとつのかたまりが今ここにある。

Mさんは岩石ときけばどんな危険をおかしてもどんな僻地にも飛んでゆくという。その岩石を粉砕機にかけてミクロンの世界まで微粒子になるまでこまかくして岩絵具をつくる。日本中の約八割を出荷しているという。

岩絵具は天然のものであればミクロン（一ミリの千分の一）よりもっとこまかくなるという。ものを粉砕するということは粉体が存在しなくてはならず、その粉体と粉体が、小さな玉となって玉と玉とがぶつかり合い、はじめてはじけて、こわれて小さくなる。その粉体にはどんなに微小でも重量がなければぶつかり合うことができない。しかし人工の岩絵具はどんなに小さくなっても水に入れれば沈澱し、それ以上は小さくならない。天然と人工とはそこがちがう。Mさんは永年、実験に実験をかさね、ようやく今まで誰もできなかった人工岩絵具の開発に成功した。

Mさんという技術者の話は学者や研究者の話より実におもしろい。あっちこっちに話が飛んだり、身振り手振りの荒っぽい語り口の中からまるでお伽話のような神秘にみちた古代の世界が垣間見えて私は胸が轟く。大金もって武器もって命知らずの旅にでる。そこで思うような岩石に出合おうものなら前後をかまわず買ってくる。アリババの世界だ。

Mさんは言う。

「煙のようにこまかい、ほんものの岩絵具は」

それはシュタイナーの宇宙進化論でいえば土星紀の世界である現代から何億年さかのぼってかぎりなく旅してゆく、即ち煙のようにこまかくなってゆくミクロンの世界へ遷ってゆく。もうその先は神の領域であろう。ふとそのあたりが色の根源ではないかと思っていると、Mさんは、

「色が岩になったんや。岩に色がついているのやなくて、色がごちゃまぜになって一つのかたまりになったんや」と言う。この言葉を聞きたかった。

人工のものは物質に色をまぜ、色素を塗り、油をまぜ、思うような色岩石をつくる。まるで

生成が逆なのだ。

　宇宙が生れた時、すでに色はあった。色は宇宙そのものだ。それが偶々岩石となり、植物に受肉し、大気は常に色を流動させているのだ。この地球は色そのもの、青そのものだったのだ。地中に眠っている鉱石の中にこの世で一ばん美しい色がひそんでいる。それが宝石だ。私は植物から色を抽出し、その色の美しさに魅了されているものであるが、実はその根源は岩石だと思っている。岩になった色、それを今日は見たくてひとりで飛んできたのだ。

　Mさんは「何しにきたんやろ、このおばあさんは」という顔して、「企業秘密は絶対教えませんぜ」と言っていた。時々トンチンカンなやりとりになったが、私はものすごいものを見せてもらった。あまりに壮大で私一人では受けとめられない。多分おかしなことを言ってしまって、ひとりよがりの、Mさんには通じないようなことをしゃべったかもしれない。併し今日聞いたMさんの言葉で三つどきっとしたことがある。

　Mさんは、「本当の赤は自然界に存在しない」と言った。木朱、赤土、辰砂など赤に近い色はある。併し、そのもの自身が赤というものはないと。私はショックだった。十七歳の時、「本当の赤はこの世にない」と言った。それは自分の出生をはじめて打ち明けられた時だった。その夜「この子は何てことをいうのや」と母にいわれたことをおぼえている。

　なぜその時私は本当の赤はこの世にない、と言ったのか。将来色の仕事をするなんて夢にも思っていなかった。何にも知らない少女だったのに何か直観的にそう思ったのだ。赤という色がきっと真実とか愛とか魔とか、表現できないものだと漠然と思ったのかもしれない。

第二は、「植物から抽出した色はミクロンの世界ではない」と言われた。水に溶解する色、水より重くも軽くもない。同質のもの、それが植物染料だと。だからこそ糸に染まるわけだ。湿度を含み、瑞々しい色であるが命は短い。せいぜい二千年位、植物染料の発見はずっと新しい、と。このことをよくふまえて色をあつかわなくてはならないと思った。

第三は、「天然顔料は、針状のような形で成り立つ岩石を、どんなにこまかくくだいても針状であり、方解石《カルサイト》のような平方四辺形のものでもどんなに細かくくだいても平方四辺形である」と。それは雪の結晶にもいえることだ。あの六角形の花のように美しい結晶はどんなにこまかくても変らない。自然の法則として当然のことだと、何を今さらおどろいているのかといわれればその通りだ。しかし驚くのだ。突然秘密をきかされたごとく驚くのだ。

何かそこに秘められたものがあると思う。おどろいて胸を湧かせることとは、そこに何かある。自然界が我々にそこを気付かせようとしているのだ。あらわれた秘密、神が秘しているのではなく人間が眠っていて気付かないという秘密。私にとって色彩界の秘儀は赤と緑である。今回も宇治に来て、茶師からは緑について、岩絵具の技術者からは赤についてその謎をなげかけられた。開かれた秘密はすぐそこにある。それに気付かないだけかもしれない。だからこそ追い求めずにはいられない。

物をこまかく砕いて粒子にまでしてしまうことが色の秘密をとく鍵か。

「空は青い、というが私は空はきめこまかいと言おう」

といったのは高村光太郎だったと思う。詩人はそこまで分っている。その先は神の領域か。しかし色はそのあたりに漂っているような気がする。

白と赤

白と赤

白に白。白い糸を白く染める。

奈良朝以前の裂《きれ》に、白い糸で織られた部分があざやかにのこっているという。絹糸は三十年をまたず黄変《おうへん》するものである。それが千何百年ものこっているということは白く染色したということであるらしい。何で古代の人は染めたのかわかっていない。ただ白色の中に蛍光が存在するということだけはわかっているという。現代では、雪晒《ゆきざら》し、海晒しをいうこともあって、オゾンによる漂白ということはわかっているが、そんなことではなく、たしかに染まっているらしいという。想像だが、動物の骨とか、鉱石の白い粉末とか、植物のある種のふしぎな樹液とか、で染められたのではないかと思うのは、むなしい染色家の夢だろうか。そんなに長い歳月耐えられるものではないだろう。と、のこるは蛍光、古代の光の照射によって白は白にとどまったのでは。古代の光は現代の我々が浴している光とは全く違うものだったのではないか。なぜか私はそう思いたい。科学によって解明されて何になろう。

そこで「不染汚《ふぜんな》」という言葉を思い出した。

冬草も　みえぬ雪野のしらさぎは　おのがすがたに　身をかくしけり　道元

雪野に身をおく白鷺はおのれの計らいでかくれているのではない。おのずから白なので雪の中ではみえないだけである。

それを道元は、不染汚と呼んだ。

ありのままの邪気も計らいもない境地、まさに雪野の白鷺そのものである。

ところで、哀しいかな、その白を汚したい。それが染色の仕事をするものの、宿命であろうか。人間はすべて白のままでは生きられない。それでは窮極の白を何によって汚すか、それは赤、新しい年を染め揚げる赤である。暁天《ぎようてん》に射す光、人々の中にも射す、生命の尖端の色、それは白と赤ではあるまいか。

雪の造形

雪のなせるわざとは何なのだろう。

過ぐる年の冬、山荘にこもって仕事をしていた時、ふと窓から見る林の梢の間を白いものがちらちらと舞い初め、みるみる吹きつのってゆくのを見ていた。今まで見ていた景色が刻々に変貌してゆき、まるで突如、バッハの弥撒《ミサ》曲が遠くから聞こえてくるような厳粛な旋律が身内に響きわたるようだった。時折、織の手をとめてみる窓外の、川の流れ、岩、草木、すべてが雪の大王の来訪にひれ伏し、白い衣をまとい、みずからをその内に秘めてゆくようだった。ひとり川のせせらぎのみは白い片々を無心に吸いこみ、流れてゆくさまは生命《いのち》の源泉という感じである。

山の斜面を覆う森の梢は時ならぬ白い花を満々とほころばせ、氷雪の饗宴のように華やかではあるが、どこか心身を凍らせる寂寥《せきりょう》とした趣である。

少し小やみになった折、戸外に出てみると、川の両岸は一メートルちかく白い層を積み上げ、その中をくろずむまでに青く澄んだ水の音が命の鼓動のように私の内部と照応する。

川の中ほどに点々と大小の岩があり、いつもは何気なく見すごしているのに、その岩の一つ一つが、まるく雪をかぶり、アシカやオットセイ、水鳥や熊、小犬のように見えてくる。実在のそれらの動物よりずっとあどけなく、ねむたげに甘えかかる様子が何ともかわいらしい。どんな彫刻家も及ばない清新な命のぬくもりのようだ。対岸の大きな樹が雪をかぶり、まるで白い如来様が鎮座されているかのようなふしぎな造形に思わず立ちすくんだ。白い衣のゆるやかに舞うような襞《ひだ》の見事さ、こんな山中にひとり静かに白い御仏《みほとけ》が出現しようとは、息をのむようである。私の勝手気ままな幻想といえばそれまでだが、人間の意図を超えて、自然の造形の圧倒的な力に底知れぬ畏怖さえ感じたのである。

熏習《くんじゅう》

昨年(二〇〇二年)、縁あって武蔵野の津田塾をおとずれた。緑したたる学寮の奥の梅林の中に津田梅子の墓があった。あたりは清らかに整えられていて、「梅はいい色が出るのですよ」と思わず洩らした私の言葉をうけて、「お染めになるのはいつ頃がいいのですか。花の咲く前、お送りしましょう」と案内の方のご好意をうれしく受けて、嵯峨へ帰って心待ちにしていると、その年の暮ちかく、きちんと切りそろえられた枝が、白梅と紅梅にわけて送られてきた。先頃、その梅を二つの釜に紅、白とわけて炊き出し、梅の灰汁《あく》で媒染《ばいせん》し染めてみた。それはこれまでにないほどの美しい色合で、染場に思わず、「ほぉっ」という嘆声がもれたほどだった。紅梅はあえかに紅く、白梅はほのかに紅くとでもいいたいほど、かすかながら紅づく色はちがっていて、その気品ある色香はいずれもいいようもなく優雅である。

その時、私はおのずと津田梅子の生涯を思い浮べずにはいられなかった。わずか七歳で日本初の女子留学生として数人の子女と共に渡米し、十七歳で帰国、その後終生女子教育に打ち込んだことはよく知られているが、あの梅林をたずねた日、私は梅子が渡米の際に着ていた赤い縮緬《ちりめん》の着物をみせていただいた。そして可憐な少女達が船の舳先《へさき》ではるか洋上をみつめている絵の中に一ばん小さな女の子がつま先だって赤い袂《たもと》をひるがえしている姿が目にやきついていたのだった。何という健気《けなげ》な姿だろう。

その後度重なる渡米を経て、政府や権力にたよることなく、女性自身の魂の覚醒と意識の向上にむかって渾身の努力を傾けてきたことを思わずにはいられない。今、匂い立つ梅の香気にあの聖域のような梅林を思い出した。

黒田辰秋氏の朱漆の棗は、最も初期のまだ無名に近い青年時代のもので、いかにも初々しい温もりのある形は、梅のやわらいだ色彩の中で目覚めた幼児のようである。両者の組合せを熏習とでも呼びたい思いがする。

花

小さい水車のように——老いたる人のうた

永瀬清子

わてをおどろかす花の一枝を下され
わてのしぼんだ眼がぱっちり開くよな
うつくしい満開の花を下され
まんず何のとりえも無《の》うて
ただ遠い空の向うに夢みるばっかりで
山陰の小さい水車のように働いていたわてじゃ
自分が水をはねとばすばっかりで
わては蕾の一つも持つことはなかったのじゃ
いまはもうその水車のことさえ誰《たーれ》も忘れたわ

ほしかった自分の花自分の実は無うて
ただ苔にまぶれようる

じゃが風の中から聞えてくる
若い女《もん》のうれしげにわらう自由の声
おおせめて　わてを驚かす花の一枝を下され
せめてわてに　酒をふりかけるよに
その花をわての上からふりかけて下され

もう永瀬清子さんのことを知る方も少なくなったろう、生きていらっしゃれば百歳くらいになられるだろうか。いつも花のついたかわいい帽子をかぶった小柄な詩人、京都の野村美術館の一室にお招きして、詩を朗読していただいたことがあった。その時かどうか忘れたが、野村邸のしだれ桜があまり美しくて、この詩と桜と永瀬さんがひとつになって思い出される。

永瀬さんの作品で私達女性には珠玉のような「諸国の天女」という詩がある。この詩によって日常の桎梏《しっこく》に苦しみ、天《あま》かける日を待ちのぞむ思いをいだいた女性がどんなにいただろう。永瀬さん自身、主婦であり、母であり、務めと農作業をしながら麦畑の中や、台所の茶餉台《ちゃぶだい》で詩をかいてきた方だった。それ故、嘘はなく、呼吸のように、瞬時につかみとる素早い本能のような言葉が噴き出してくる。

そしてしなやかな若葉のようにうたう。

私も老いたる人、わてを驚かすような美しい満開の花を下され、とうたいたい。

大沢ノ池の御仏《みほとけ》達

昔、土門拳さんが、嵯峨野の中でここが一番好きだといわれた、大覚寺の大沢ノ池のほとりには、数体の御仏がいらっしゃる。

大きな楠だろうか、その樹の影からお体を半分埋めたまま、そぉっとお顔をのぞかせていらっしゃる御仏が何とも慕わしくて、私はまず全体の仏様を拝んでから語りかける。「また参りましたよ」と。

「よおきた、な」と、御仏はうつむき加減のお顔をちらっと上むけて、うなずいて下さるようだ。半身を土に埋めて、樹の幹に寄りかかるようにしていらっしゃるのを、つい先日もう一どよく見ると、樹の幹の方が御仏に寄りかかっている。楠も御仏に身を寄せ、なかば抱き合っていらっしゃるようだ。

その時気づいたのは、頭の上にまるで花冠のように、うす青い苔をひらひら生《は》やしていらっしゃることだ。この前はなかったのに、きっと楠の苔が仏様の方が居心地がよさそうだと移り住んでいったのだろう。何やら満悦のようすである。御仏も何となくほほえんでいるようだ。楠のむこう側の御仏もなかば眠っているようで、深い瞑想の世界に入っておられるのか、長い風雪の中では顔の表情は消えていて、それがたとえようもなくおだやかである。この方も楠に寄り添って、緑の葉を天蓋《てんがい》のようにかぶっていらっしゃる。よく見れば、どの御仏もそうして見守って下さっているのだろう。この先もずっとずっとそうしてすべてを見守って下さるのだろう。すぐその傍に小さなお堂がある。「仏母心院跡《ぶつぼしんいんあと》」という額がかかっている。

十数年前、私は何も知らずその正面の階段に坐ってぼんやり池の面をながめていた。すると一人の老僧が近づき、しずかに扉をあけて礼拝された。私はあわてて失礼をわび、一緒に礼拝したのだが、昔はきっとお堂の奥に仏母《ぶつぼ》様がおまつりされていたのだろう。

この頃は月に一どくらいだが、昔は朝六時にはこの池のほとりに来て、数十人の僧侶が鐘をならし、読経をしながら太陽を拝み、池のまわりの堂宇をめぐって礼拝されるのを見送っていた。池にうす紅や白の睡蓮が咲き、白鷺や野鴨がいて、極楽のようだった。

苧桶《おぼけ》の水指

私の仕事場に、黒塗の苧桶が三つ並んでいる。苧桶とは、麻糸を績《う》んで入れておく桶のことである。おそらく百年近く経っていると思われ、ところどころ剝《は》げて傷んでいる。私はこの苧桶を母からゆずられた大切なものとして、仕事場の中心にすえて、四十年来、機を織ってきた。

昭和のはじめ頃、母が上賀茂民芸協団で柳宗悦の指導のもと、青田五良に織物を習っていた時、植物染料で染めた紬糸や、つなぎ糸、裂織《さきおり》の糸などを、この苧桶に入れていた。

その当時は、まだこうした仕事を理解するものがなく、青田五良は苦難の中で亡くなり、母も周囲の反対や、主婦業や育児の仕事に追われ、活動を断念せざるを得なかった。織物に対する止むに止まれぬ思いは胸の中にくすぶって、この苧桶だけは、大切に納屋にしまわれていた。

母は、自分が死んだら、こんなものは屑屋に売られてしまうと思っていただろう。はからずも私が三十数年後に、機をやりたいと言い出した。そして子連れの、三界《さんがい》に家なしの境遇に立った身で、無謀にも三年も経たずに工芸展に出品しようとした。母は十年の修業の後で、出品せよと厳しく迫ったが、当時の私は、子供を抱えて自立の道を求めるには、そんな余裕はなく、この道しかないと悲痛な思いだった。

そんな時、母が納屋からこの苧桶を出してきてくれた。私は唯一すがる思いで、その乏しい糸を使って帯を織った。あまりにも稚拙な帯が入選するはずはないと、母は私に職を求めて上京するようにと、切符まで与えてくれたが、どうしたはずみか入選し、それが私の織物への出発点となった。

先日ある茶人から、利休が信楽焼の苧桶を水指に使っていると伺った。あの苧桶もひょっとしたら水指になるかもしれないと思い、黒漆の蓋をつくってみた。

水指としては、少々大きく堂々としているが、お茶のことをあまり知らない私にも、見立てということの意義が心に沁みる思いがする。お道具のひとつとして、身近に置くことによって、こんなものが水指に、と母が驚いたり、喜んだりしてくれているように思われるのである。

遊糸楽竿無上悦

渓流に糸を遊ばせ、長身の人が今や、長い竿をあやつって何を釣ろうとしているのか。思わず水しぶきをあびてのぞきこみたくなってしまう。

先年、『細石翁釣漁自傳《さいせきおうちょうぎょじでん》』という本を加藤静允さんからいただいた。釣りなど全く門外漢の私だったが、頁を開くやいなや、加藤さんが三歳の童子から五十代のお医者様になるまで遊んだ、高野川から上桂川、遠くは四国、紀州、福井までを、共に釣りの仲間になった気分でお伴をして楽しんでいるのだった。

さわやかな渓谷の川風や、ピチピチ瀬を泳ぐアユやアマゴ、その斑点の色まであざやかに目に浮かぶ。

ちっちゃな童子から無類の釣り好き少年になって、姉《あね》さんかぶりのねえやさんと一緒に近くの川にゆく。「さ、今や。そぉーっと、うまいことあげなはれや……。あーっと、うまいこと逃げてしまいましたなあ……」

連れていったねえやさんの方が、興奮してしもうてー、と。野池のふちに腰かけて、ひとり釣り糸を垂れている少年のうしろ姿に思わずほほえみかけてしまう。加藤さんていつまでたっても少年やなー、と思う。そのわくわくする気持ちがこの本のどの頁からもあふれ出て、読んでいる私まで、少し子供っぽい顔になっているかもしれないと思うほど、とびっきり絵は楽しいし、文章が旋律《リズム》になって私たちをひっぱってゆく。

私はこの本を読んでからというもの、いつか加藤さんの絵に、私の織った布を合わせてみたいという、大それた願いがわいていた。なかなか言い出せなくて、やっと先日お願いしたところ、あっという間に書いて下さった。盛夏らしく生絹《すずし》の縞を合わせて、さっそく表装してみたのである。

箱書をして下さった。「遊糸楽竿無上悦（糸に遊び竿を楽しむ、これ無上の悦び）」と。蓋の裏をかえすと、「上桂川の水の流れ、美しく、うれしい表具、軸先竹なのも竿の縁」とある。なんと心憎い、私にとっても無上の悦びである。

小さい本

先年、詩人で仏文学者の宇佐見英治さんに『言葉の木陰』という小さな詩集をいただいた。明朝体の一字一字が目にしみいるように、上質の紙に刻印されている。一頁ごとに切手のような木版の彩色された木の絵が入っていて、十三篇の詩が珠玉のように連なっている。その中に、

「生きるためには言葉の木陰がどうしても必要だ。」

「風が追いかけてきていった。《その中を一羽の揚羽蝶が光をくゆらしながら飛んでゆかないような文章を書いてはならない。》」

「見殺しにしながら決して見失わぬこと、それこそ見るということの冷酷さであり、偉大さである。」

と、厳しい言葉が書かれている。

この貴重な美しい本は、山室眞二さんという方が、何から何まで手づくりで、小さな卓上活版印刷機を使ってつくられたものである。宇佐見さんから「あなたも山室さんに本をつくってもらいませんか」とすすめられ、ほぼ一年がかりで山室さんと相談しながら出来上がったのが、『天青《てんせい》』である。今の世に、いっさいお金の話がなくって、本をつくりましょうなんて言って下さる方があるとは――私も思わずお願いいたします、と言ったのである。

五センチ足らずの小さな裂《きれ》と短い詩を組み合せて十五篇、思いのほか手間がかかり、山室さんは今までになくご苦労なさったと思うが、一頁一頁に心がこもり、私にはもったいないほど可愛い本になった。昨年（二〇〇二年）秋に亡くなられた宇佐見さんにこの本を見ていただけなかったのが、何より心のこりである。

その中の一つ、「星」を宇佐見さんに捧げる。

「昴《すばる》と隣の人が叫んだ。車はまっ暗な峠の上でとまった。秋の透明な夜気だった。深い深い藍の底、無数の星がきらめき右の方に金のぼろ屑のような星がひっかかっていた。そのあたりに一滴、水をにぢませたように明るんで金の繡《ぬいとり》がしてあるような、そんな形而上的な天の形だった。」

傍に青い生絹《すずし》の裂《きれ》がはってある。

伊吹の刈安

草花の中で何が究極かといえば、薄《すすき》――尾花《おばな》――ではないであろうか。あの晩秋の陽《ひ》の滴《しずく》を穂になびかせ、やがて幽《かす》かに銀色に蓬《ほう》けてゆく。ふたたびよみがえる季《とき》から、すでに内に風をはらみ、初夏の野を緑の細い剣で席巻する。薄とはずいぶん長いつきあいである。糸を染める染料として私には欠かせない植物である。とくにその一種である刈安にはどんなに輝く黄金色を染めさせてもらったことだろう。

写真家の井上隆雄さんも薄に自分の人生がかさなるほど深く接近している。この方が撮る薄の超越的世界は単なる写真ではなく、薄を通して向うの世界へなかば突き抜けてゆきそうな、ぎりぎりの気配がある。私も幼い頃、武蔵野の奥の、目をみはるような薄ヶ原に迷い込んで、何か異様な哀しみに泣き出したことがある。人に運命的な予告を迫るような力があるのだろうか。

昔はよく八月のなかばをすぎると伊吹山に刈安を刈りにいった。山の斜面の薄ヶ原で思いっきり秋の陽を浴びながら刈った刈安を干し、お弁当をたべたあと、昼寝までして、車に刈安を満載し、よもぎ、吾亦紅《われもこう》、河原撫子《かわらなでしこ》、伊吹風露《いぶきふうろ》、釣鐘にんじん、とりかぶとなどを花束にして、草いきれにむせかえるようにして帰ってきた。今は伊吹山の草花を持ち帰ることは禁じられ、遠い思い出になったが。刈安のあの黄金色は、私の中で讃えずにはいられない草花の中でも、ずっと最高の黄金色である。私はその黄金色を藍甕《あいがめ》の中にひそませて、貴重な緑を染めるのである。その頃書いた詩のほんの一節、

「伊吹山の斜面の、白、蘇芳、黄金いろにかがやく一面の薄の中に、貧弱な穂を、遠慮がちにみせて、寄り添うようにあなた達は風にゆれていました。(中略)すこし夕陽がかたむきかけた時、それらを一挙に華麗な金蒔絵に彩った風景の中で、あなた達はかき消えて、その存在すら心にとめるものもありませんでした。けれど今、あなた達は茎や葉や穂のすべてを、捧げつくして生れ変ったのです。」

この青味さえ感じさせ深く透き通った金色の糸を荘厳と呼ばずに、何と呼びましょう。

聖餅箱《せいべいばこ》とコアガラス茶入

一五四九年、フランシスコ・ザビエルは、鹿児島に上陸し、はじめて日本にキリスト教をもたらした。その二十数年後には南蛮寺を建立し、二百ヶ所に天主堂を設け、信徒は十五万人に達したという。異国の宗教をそれほどまでに深く受け入れることのできた日本人とは。後のキリスト教弾圧、天草の乱などをかえりみる時、私はいつも何か奥深い、深淵をのぞき見るような思いになる。

しかし今日は少し違う話を。そのザビエルが、日本の漆工芸の粋である金蒔絵に目をとめ、いち早く目にも彩《あや》な祭儀用具、聖龕《せいがん》、聖餅箱《せいべいばこ》をつくらせたことに注目したい。ある年の冬、友人の家でひらかれたクリスマスの茶会に、その聖餅箱が見事な中次としてあらわれた。私は一驚し、しばし言葉もなかった。金と螺鈿《らでん》の光芒にふちどられた異国の文字と花クルスが、優雅な葡萄唐草の紋様と相まって、華麗な風格を具え、茶の世界に導き入れられていたのである。桃山時代の高度な金蒔絵と南蛮文化が一体となった聖餅箱が今、自由闊達な審美眼を具えた日本の茶人によって、何の違和感もなく、見立てとしてこの中次に生きていたのである。その中次にひきよせられるように古代のコアガラスを今に蘇らせた茶入をより添わせてみた。

紀元前につくられ、その後歴史の波間にかくれつつ、この時を待っていたのだろう。コアガラスの作家・松島巖さんの手によって新しく生まれてきたのは、決して偶然ではなく、過去と現在が衝撃的に出会ったからだと私は思う。松島さんはおだやかに「なぜ古代かという問いは、なぜ現代かという問いに繋がるのです」といわれる。二千年の時を超えて松島さんに呼びかけてきたものは、歴史の波間で強風にあおられてあらわれた、コアガラスのまさに核《コア》である。一瞬にして彼はしっかりとらえたのではあるまいか。

彼が抱く古代と現代が繋がる想念の中には、時折、平家納経などの日本の古典が夕映えのように浮かび上がってくるという。滅ぶものと生まれ出ずるもののあわいで、ガラスを糸のように紡ぎ出してゆく仕事に、私は自分の仕事をかさねて、熱い思い入れをしているのである。

老の重荷

日ましに秋も深まる、日の暮も早く、軒場の下の石の間から小さな草が顔を出している。踏みつけそうな小さな草がこんなにもふしぎに彩られているのにおどろいて私はしゃがみこんでじっと見つめていた。「何てかわいいの」

「私ってそんなにかわいいはずないのに」とはずかしそうにうす桃いろの頬をあからめている。

それも一瞬のことだろう。もうすこし秋も深まれば枯れて消えてゆくだろうに、こんなにたぐいない可憐さをこの一瞬にみせて下さるのは、かぎりない愛をふりそそぐのは誰方ですか、この小さな草に。

老の重荷は　神のたまもの
古びた心に　これで最後の磨きをかける。

まことのふるさとに行くために
おのれをこの世につなぐ鎖りを
少しづつはづしてゆくのは
真にえらい仕事
こうして何もできなくなれば
謙虚に承諾する
神は最後に一ばんよい仕事をのこして下さる
それは祈りだ。

水野源三

この詩を私はどこでみかけたのか。雑誌か、新聞の片すみか、どうしても思い出せない。老いの身にこれ以上の言葉はない。

どなたかこの詩の作者をご存知ないですかと、ある会場でお話をした時呼びかけてみた。すぐ二人の方から反応があった。コンピューターでしらべて下さったのだろう。

驚いたことに水野源三さんという方は、九歳の時、脳性麻痺の重症で手足も口も動かなくなり、ただ瞬《まばた》きのみで母上が文字盤の上の一字一字をさぐりとって苦労しながら詩をかきうつして下さったのだという。四十七歳で亡くなられた方なのであった。

詩集は何冊も出版されていたのですぐとりよせて読んだ。一冊ずつ瞬きで綴られた詩を読むうち、何か形容できない静かな澄んだ水が心のうちに湧いてきて、哀しみの水にひたひたと浸されてゆくようだった。信仰ももたず、キリストの愛も受け入れることのできない私ですが、と思わず本にむかって頭を垂れる思いで読んでゆくと、そんなことはいいのです、ただ読んで下されば、と水野さんは語りかけてくれる。その中で次第にはっと思いついたのは、健康で、何でも思うようにできる人間が、決して気づくことなく、足を一歩踏み入れることのできない世界にこの方はいるのだということだった。思いもかけない錯覚と、無意識と思い上りの中に浸って、目もみえるのに見ず、耳もきこうとせずに素通りしているこの健康という不自由、鈍感さ、この世の中で一ばん美しいもの、けがれないものを知ろうとせず生きているということだった。

　水野さんのように想像を絶する苦難を背負って、一枚の布団の上にしか生きられない方が、これほどよろこび感謝にあふれて、人々を愛していらっしゃることが本当にあり得るとは！闇の中で叫び、主を呼び求め、主の手にふれ、主に導かれ、抱かれずにはいられない。主は必ずあらわれ手をさしのべて下さると信じることが生きることであり、生かされているよろこびだと語り告げる。

　私達はそこまで求めることができない。目の前の欲望にすぐさま目がくらみ、行く手をさえぎられているのさえ気づかない、愚かな者。

　しかし、何一つ自分で出来ない、すべてに人の手をかりなければ生きられない水野さんに最大の試練、ただ一つのたよりである母上が天に召されてしまう。もう生きてゆけない。どうして母をお召しになったのですかと叫ぶ水野さんに、弟さんの一家が手をさしのべる。こうして再び詩をつづることができる、弟さんのお嫁さんの手で。

主よ、なぜですか、父につづいて
母までもみ国に召されたのですか
涙があふれて、主よ主よとただ呼ぶだけで
つぎの言葉が出て来ません
主よ、あなたも　私と一緒に泣いて下さるのですか

口も手足もきかなくなった私を
二十八年も世話してくれた母
良い詩をつくってくれるようにと
四季の花をさかせてくれた母
まばたきでつづった詩をひとつ残らず
ノートに書いておいてくれた母
詩をかいてやれないのが哀しいといって

天国に召されていった母
今も夢の中で老眼鏡をかけ
書きつづけてくれる母

悲しみよ、悲しみよ　本当にありがとう
お前が来なかったら　私は今どうなっていたか
悲しみよ、悲しみよ　お前が私を
この世にはない大きな喜びが
かわらない平安がある主イエス様の
みもとにつれて来てくれたのだ。

ナザレのイエスを十字架にかけよと
要求した人　許可した人　執行した人
その中に　私がいる

ナザレのイエスは、ナザレのイエスは
ほんとに知らないと、私も叫びました。
私も叫びました。
主よ、主よ　赦したまえ

ナザレのイエスよ、ナザレのイエスよ
そこから降りてみよと　私は叫びました。
私は叫びました。
主よ、主よ　赦したまえ

低く低くなられた主よ
あなたの御旨のあるところに
私を導いて下さい
低く低くなられた主よ
あなたの愛があるところに

私を近づけて下さい。
低く低くなられた主よ
あなたの御跡があるところに
私を歩ませて下さい。
低く低くなられた主よ
あなたの御声があるところに
私を低く低くして下さい。

この詩を読んだ時、何か胸の奥にドンという音がして、水野さんがどういうことを言っているのか、その音ですこしわかった。低く低くということは人間には出来ないことだ、誇りを持っている人間にはできないことだ。キリストにしか出来ないことだ、十字架にかかったイエスにあってこそ出来たことだ。生きることと、見捨てられることと一刻一刻、紙一重だからこそ水野さんによってはじめて言えることだ。冗談もいえない、本当のことしか言えない水野さんだからこそ。

砕いて砕いて砕きたまえ
御神のうちに生きているのに

自分ひとりで生きていると
思い続ける心を　砕いて砕いて砕きたまえ
御神に愛されているのに　共に生きる人を
真実に愛せられない心を
砕いて砕いて砕きたまえ
御神に罪を赦されているのに
人の小さな過ちさえも赦せない心を
砕いて砕いて砕きたまえ

主よ　わが家へお寄り下さい。
弟夫婦はいそがしく働いていますので
何もおもてなしはできませんが
そこにおあたり下さい。
この炬燵ふとんは
多くの人の愛のこもったものです。

水野さんは自分を罪人といい、低きに低きにといい、砕いて砕いてというが、それならば我々はどうなる、罪深いなど口にできないほど罪深い我々は。水野さんの立っているところよりずっと低いところにいるのに、ずっと高いところにいるみたいに錯覚してあわれんだり、軽蔑したりしているのを、水野さんは鋭く感じているだろう。けれどもそんな詩はひとつもない。ただ自分を低きにおいて下さいと祈る。あの水野さんの姿、瞳をみればただ胸が熱くなるばかりだ。想像を越える苛酷な苦しみ、魂の哀しみを唯一キリストに出会ったことでこのような詩となって生れかわる。

水野さんの詩を読んでいると、本当にキリストが近づいてきて、その足音がきこえるようだ。雪道を冷たかったでしょう、熱いお茶をおのみ下さいと本当に呼びかけている水野さんの声がきこえるようだ。切に切に求める、そばにいて下さい、そばにいて下さい、お母さんが召された時も一緒に哀しんで下さったあなたと一刻でも一しょに居たいのですと。

物が言えない私は
ありがとうのかわりにほほえむ
朝から何回もほほえむ
苦しいときも　悲しいときも
心からほほえむ

雪がとけた窓ぎわの
イヌフグリの花を　春の光が優しく包む
枯木のような　私のからだを
キリストの愛が　キリストの愛が
温く包む

雪が降る　雪が降る
何も見えない　何も聞えない
ただ　主よ　あなたと私だけです。

老の重荷の詩をさがしてもらって水野源三さんの詩に出会った。しかし、水野さんの詩集の中に、老の重荷の詩はなかった。水野さんの詩ではなかったのか。けれどそのおかげで私は水野さんの詩に出会えたのだ。

ではこの詩は誰方が書かれたのですか。

主よ、あなたではありませんか。

五月のウナ電

五月のウナ電

高村光太郎

アアスキヨク」ウナ」マツ」
アヲバ　ソロツタカ」コンヤノウチニケヤキ
ハヲダ　セ」カシノキシンメノヨウイセヨ」シ
ヒノキクリノキハナノシタクヨイカ」トチノキ
ラフソクヲタテヨ」ミヅ　キカササセ」ゼ　ン
マイウヅ　ヲマケ」ウソヒメコトヒケ」ホホジ
ロキヤウヨメ」オタマジ　ヤクシハアシヲダ
セ」オケラナマケルナ」ミツバ　チレンゲ

サウニユケ」ホクトウノカゼ　アメニユダ　ン
スルナ」イソガ　シクテユケヌ」バ　ンブ　ツ
イツセイニタテ」アヲキトウメイタイヲイチメ
ンニクバ　レ」イソゲ　イソゲ」　ニンゲ　ン
カイニカマフナ」

ヘラクレスキヨクニテ」

いつの頃か、私はどこか雑誌にのっていたこの詩につよく心ひかれて、ノートに写していた。そしていつかどんな形かで、この詩を自分の手で飾りたい、と思っていた。十数年経ったこの頃またまた読みかえし、思い切って和紙を貼ったパネルに筆でカタカナを書いてみた。全くぶっつけ本番に。そしたら文字が踊るようで、ゼンマイはうずまくし、ウソヒメやホホジロがうたい出すし、トチノキは蠟燭をたてるし、人間なんかにかまわずにみんながうたい出した。私はうれしくなって、ところどころの隙間に小さな裂をチョンチョン貼ってこの詩を飾った。

そんな次第で一体この詩はどこから私が拾い上げたのかもわからず、その頃本造りなどでお世話になっていた山室眞二さんにこの話をしたところ、早速高村光太郎の研究家で詩人の北川太一さんに問い合せて下さった。そこでこのようなおたよりを頂いた。

「五月のウナ電はああいう形式の詩なので一見なじみにくいのでしょうか、あまり取り上げられませんが、高村さんにとっても、この国にとっても困難な時に思いをこめて構成し、力いっぱいに書きあげた最も高村さんらしい詩の一つだと思います。山室さんからそのお話を伺い大変うれしく何より志村さんに見つけていただいたことを高村さんが喜ばれたにちがいないと思いました。美はそれをみつけた人のものです。あの詩はみつけて下さる人を待っていたのにちがいありません」と。

思いがけないことだった。全くの偶然というか、いつもの私の間の抜けた性格で、どこに掲載されたのか、どんな背景でかかれたのかもわからず、いきなり飛びこんできたような詩だった。

その後北川太一さんのおかげでいろいろなことがわかってきた。

「高村光太郎の詩「五月のウナ電」は昭和七年五月十一日に作られ、七月、「スバル」第四巻第二号に発表されたまま、生前どの詩集にも収められていません。」

五月、万物はよみがえり、樹々は芽を出し、葉をひろげ花を咲かせる。その時、五月一日、午後七時、北東の地平の上に姿をあらわすのはヘラクレス星座である。その宇宙の彼方ヘラクレス局から届いた電報だったのである。ギリシヤ神話の英雄ヘラクレスの雄々しい声が響きわたるようだ。

「アヲバソロツタカ」まるで命令のようだが、すべての植物を総称してアヲバ！ と呼びかけたその力強さ、植物は夜の中に成長する。

「コンヤノウチニ欅は葉を出せ」と。樫、椎、栗、栃の木は房々と茂り合った葉の中から蠟燭のような乳色の花を立てよ、と。みづきは宙に浮かぶようなうすべに色の花びらをひろげよ。

鴬姫は高村光太郎の彫刻に生きている特に愛した鳥なのだろう、「山の鳥うその笛ふく武蔵野の明るき春になりにけるかも」のように赤い胸に足音を響かせて琴をかなでるよう。頬白は一筆啓上とくりかえす、まるで経を読むようだ。

森のそこここに小鳥の声がみちる頃、池ではオタマジャクシが足を出し、オケラも目をさます。蜜蜂がうれしげに蓮華畑を飛びまわる。みんなそれぞれの役目をいそがしげに働き、いきいきと命あふれるこの時、どこからか北東の風が吹いてくる。雨も激しく植物達はなぎ倒されそうになる。

今、自分はいそがしく行けないけれど、みんな力を合せてがんばれ、志をもってしっかり生きよ、麗しい森の精霊達、小さな虫達、すべての生物よ、一斉に立ち上れ。アヲキは透明な樹液を芳しくあたり一面にふりまけ、みなに勇気をあたえよ、急いで急いで。人間は何を考えているのかわからない、そんな人間共にはかまわず、みんなで森を守れ、命を守れ、と訴える。

昭和七年といえば日支戦争がはじまった頃、忘れもしない盧溝橋事件のあった年だ。私は小学校二年生、奇しくも上海にいた。そんな時、高村光太郎は何か激しく強く暗雲を感じたのだろうか。まだ世の中は無風の自然をおびやかすものが迫っているなどと一般の人は夢にも思っていなかっただろう。

「ホクトウノカゼ　アメ」とあるのは高村さんが昭和二年につくられた詩「北東の風、雨」の中にこのようにうたわれている。

軍艦をならべたやうな
日本列島の地図の上に
見たまへ　陣風線の輪がくづれて
たうとう秋がやつてきたのだ。
北東の風、雨の中
大の字になつて濡れているのは誰だ。
愚劣な夏の生活を、思ひ存分洗つてくれと
冷々する砲身に跨つて天を見るのは誰だ。
右舷左舷にどどんとうつ波は
そろそろ荒つぽく　たのもしく
どうせ一しけおいでなさいと
そんなにきれいに口笛を吹くのは誰だ。

事件の予望に心はくゆる
　ウェルカム　秋

高村さんの自註
「昭和二年九月作。大正末から昭和にかけての社会一般の不安状態は戦慄に値するものだった。アメリカ主義の利潤追及熱、ソ連マルクス主義の階級意識とが日本の朝野にはげしい攻勢をとって浸潤してきた。」

芥川はこの年夏、「漠然たる不安」にかられて自殺した。

「二十一世紀を迎えるまでに世界の平和が来り得るかと思うかどうか、遺憾ながら来ないであろうと思ふ方に私は傾いていています」

とその頃光太郎は語っている。

「五月のウナ電」が書かれた頃の時代背景を思うと、あの苛烈な戦争が着々と準備され、凶作、飢饉、関東軍の謀略、娘の身売り等々、泥沼のような第二次世界大戦、太平洋戦争へとなだれの如くむかっていった。その中でこんなにも鮮烈に自然の生命を歌いあげ、世に警告を発していたのだ。

親愛をこめて同志のように呼びかける底深い詩人の魂、この理不尽な時代にあってこそ産れ出たものなのであろう。しかもこの昭和七年から九年にかけて、「智恵子の発病あり、詩作なし。人間界の切符を持たない智恵子だった」と語る。

人生遠視

高村光太郎

足もとから鳥がたつ
自分の妻が毒をのむ
自分の妻が狂気する
照尺距離三千メートル
ああこの鉄砲は長すぎる

（初出形）

詩の中にある「イソガシクテイケヌ」の一行はどんな切迫した妻への想いが充満していたかと想像に余りある。

もう一つの自転するもの

高村光太郎

春の雨に半分濡れた朝の新聞が
すこし重たく手にのつて
この世の字画をずたずたにしてゐる

世界の鉄と火薬とそのうしろの巨大なものとが
もう一どやみ難い方向にむいてゆくのを
すこし油ににじんだ活字が教へる

とどめ得ない大地の運行
べつたりと新聞にはりついた桜の花びらを私ははじく
もう一つの大地が　私の内側に自転する

ウナ電の詩の直前に出来た詩である。

我々はその後、巨大なものの火中に巻きこまれ、国土も、人間も再び立ち直れるかとおもわれるほど多くの生命を失った。しかし今、その火中をくぐりぬけた多くのものは逝き、戦いの実相を全く知らない子供や孫達が生き継いでいる。昭和七年といえば爆弾三勇士などと昔のことを憶い出す私のようなものは数少ない。桜の花びらのこびりついた新聞の血なまぐささを感じるものは老い、散りゆく花の行方さえ誰ひとり思うものはなく、すべてのものが急速に自転する。

人類の泉

高村光太郎

…………

青葉のさきから又も若葉の萌え出すやうに
今日もこの魂の加速度を
自分ながら胸一杯に感じてゐました
そして極度の静寂をたもつて
ぢつと坐つてゐました
自然と涙が流れ

抱きしめるようにあなたを思ひつめてゐました
…………
私は自分のゆく道の開路者《ピオニエエ》です
私の正しさは草木の正しさです
ああ　あなたは其を生きた眼で見てくれるのです
…………

これらの詩や文章のほとんどは北川太一さんの書かれた『配達された五月のウナ電』という小さな本に書かれている。これは山室眞二さんが北川さんに私がこの詩のことを語っていると話されたことがきっかけで書かれたものである。今ここに書き写した詩やその解説は北川さんの手になるものであり、私はこの小さな本を手にした時、あまりの凄さにおどろき、この詩の背景にはこれほどの時代と人間の相克があり、高村光太郎という詩人の魂にふれてしびれるように感動した。それは北川太一さんという稀なる高村光太郎の研究者であり、詩人でもある高潔な筆の力によるものである。またこの小さな本をこの上もなく美しく装丁した山室さんのおかげである。最後にもう一ど、北川さんの文章を掲げたい。

「視点を反転すれば、「五月のウナ電」でうたわれた生き物たちは、むしろ光太郎や智恵子自身だったのでしょう。草木は外界にあって自分達を取り巻く賛嘆すべき自然であるだけではなしに、同じ根源的な原理に生きる内側のいのちの象徴、詩作は現実社会の困難な状況に拮抗して、自らのありようを確かめ、奮い立たせる、そんな不可避の作業であったに違いありません」

と結んでいる。

さて、私はというと、この電文がどこからきたのか、やっぱり星から来たのだと思う。ある日突然、宇宙の彼方、五月一日、午後七時、北東の地平に姿をあらわしたヘラクレス星座から地上に届いたウナ電なのである。「ウナ」とは至急電報、「マツ」は別便配達指定のことである。

この詩を私の小さな裂達で満天の星のように飾って、世に伝えたいと願っている。

魂が鳴らす鐘

石牟礼道子さんのインタビューや作品の朗読、水俣の風景などを収録したＤＶＤ「海霊《うなだま》の宮」が今月（二〇〇六年九月）出版される。その紹介パンフレットが送られてきた。そこに石牟礼さんの言葉が記されている。

「祈るしかないんですよ、水俣の患者たち。それで治るわけじゃないんですけど。人の分までも祈って。チッソの人たちも助かりますようにと言って祈ってますからね。そうしないと、自分たちも助からないって、チッソの人たちも助からない、と。それで、我が身の罪に対して祈る、とおっしゃいますから愕然《がくぜん》としますよね。あの人たちに我が身の罪って、何があるんだろうと思いますけれども。やっぱり精神の位がちがうという、あの人たちの精神の位が高いというか深いというか、純粋ですね」

この文章に出合って、私も愕然とした。今おかれている世界の、日本の現状とはまさに対極ではないかと。そのことに誰も気づかず、何を言っているのかとさえ思うのではないだろうか。

チッソの人たちのためにまで祈るとは、私とてこの文章をよむまで気づこうともしなかった。我が身の罪と思えるのかと、到底思えない。現代の罪、社会の罪、人間の罪とまでは思えても、自分の罪とは思えない。水俣の方々の何万分の一も苦海に落ちて苦しんでいるのではない我々は、全くその苦しみに対して無感覚なのである。罪とは単純に何か悪いことを犯したことと思って、自分は何もしてやしないと。対岸の火なのである。

我が身に焼けつく痛みを感じなければ、我々は目の先のことでいそがしく、つかの間の平穏という目かくしをされているだけなのではないだろうか。劫火《ごうか》の中に投げこまれた方々が他者のために祈る。我が身の罪として。同じ人間がそれほどの精神の位を得るということはどういうことなのであろうか。

この答えは現代の我々になかなか得られないし、たとえわかったと思ってもそれは長続きしないであろう。ただこの十数行の言葉は胸に楔《くさび》を打ち、魂が揺らぐほどの衝撃をあたえるものだと思う。文字をもって打ちこまれる楔である。

今、石牟礼道子さんの全集（全十七巻・別巻一）が世に出つつある。石牟礼さんの文学はいずれも重く、濃密な世界を描いているが、時に気が霞《かす》むほど哀切で美しく、自然の内奥へ導かれ、異次元に迷いこんだかと思うほどである。

その中でも「苦海浄土」はすでに多くの方々に読まれているが、後世に遺《のこ》る人類の魂の告発の書だと思う。もしこの書が生み出されなかったら、水俣は一地方の公害問題として人々の認識にのこるのみである。そして水俣の美しい海、不知火に生きる人々や、すべての生類の突然変異、過酷な生き地獄の中に見捨てられた人々の悲痛な声を聞くことはなかったであろう。

「苦海浄土」は単なる水俣病の記録ではなく、一人の人間がその内側に入りこんでのたうちまわり、亡くなった人々になりかわって書かれたものであり、石牟礼さんの魂の力の限り、ゴォーン、ゴォーンと打ち鳴らし、訴え続けた鐘の音のような気がする。ある時は嵐の波の中に、ある時は月の出のさざ波の上に響きわたり、いつしか受難の民自身の祈りによって、光の海に浄化されてゆくことを願って書かれたものと思う。

水俣病を二十世紀に起こった最大の問題として、やがて人類の未来に起こるであろう破滅にむかって激鐘を打ち鳴らしていられるのである。その時、人々の心は何にすがり生き得るのか。苦海浄土とは何を意味するのか。苦海は地獄であるはずなのに、なぜ浄土というのか。今私たちは絶望に絶望を見せつけられ、その合間を縫って生きている。それすら自覚せず、たとえ自覚したとしても何の解決も見いだし得ない。

暗澹《あんたん》とした世の中に、その暗さが深ければ深いほど、そのただ中に何かその重圧に耐え得るすごい人があらわれるような気がする。石牟礼さんの文学にその力を感じる。

患者さん自身の中から我が身の罪に祈るという方々があらわれ、私たちに衝撃をあたえたが、その方々の苦難を五十年余り共に体験し、助け合ってきた石牟礼さんをとおしてこそ、はじめてこの言葉が魂の奥底に響くのだと思う。

ここしばらく水俣のことばかり書いてきたが、今の心境が自然にそちらにむいてしまうのである。昭和、平成と世の中が不穏な方向にすすんでゆくのを見尽くしてきた。なかでも幼児、若者の行く末を思うと耐えがたい気がする。水俣のことを書くのは、それが単に水俣だけのことではなく今の我々の目前の問題だからである。

水俣の胎児性患者さんたちが今、五十歳前後になられる。手足が思うように動かず、言葉も不自由。世間から疎まれ、無視され、地をはうようにして生きてこられた方々の座談会を最近読んだ。

石牟礼道子さんは《今一番真剣に人間の行く末について考えておられるのは、胎児性の患者さんの方々だと思う…………大変気高い心を持った人たちが、一番受難の深い方々がここにおられる。ここには日本の、というよりも人間の希望があると思う》と言われた。

この座談会で患者さんたちは、自分も伝えたいことがある、語りかけたいことがあるという気持ちになられた。自分が生まれる直前に父親が水俣病で亡くなった男性は、うまく言葉にならないその口から絞り出すように「お・と・う・さ・ん・が・ほ・し・かっ・た！　よ・そ・の・お・と・う・さ・ん・を・お・と・う・さ・ん・と・いっ・た」と言われた。別の男性は《小学生のとき、障害でうまく歩けないのを友だちがばかにすると、いつもお姉ちゃんがかろうて（おんぶして）助けてくれた。がまんしてなかなか言えなかったけれど、お姉ちゃんにありがとうって言いたい》と話された。

家族のほとんどが水俣病で亡くなり、ひとり残っている方が多い。自分はできないけれど、自分がしたかったことを、できる人にしてもらいたい、と語った人がいた。そして最後にどの患者さんたちも、自分を産んでくれた親にありがとうと言いたいと話された。その親たちは子の行く末を案じて、自分が魚さえ食べなければ子供は水俣病にならなかったのに、と自らを責めて責めて亡くなったという。母親の胎内の水銀の毒を身に引き受けて生れてきた子供である。その子供たちが、五十歳になって亡き親たちにありがとうと言っている。

私にはその「ありがとう」が菩薩《ぼさつ》様の声のような気がした。親に本当に言う言葉はこの五文字ではないだろうか。

黙示録的収支

朝川添いに森の方へ行く。落葉の深々《ふかぶか》とした中から茸が顔を出している。秋にさきがけてのお目見え。谷のむかいがわで鴬が鳴く。鳴いて鳴いて止まらなくなって一息《ひといき》したと思ったら、またあわてて鳴く。「そんなに急《せ》いて鳴かなくてもちゃんと聞いてるよ」と立ちどまって耳を傾けていると、安心したようにゆっくりうつくしく鳴いてくれた。「ありがと、もう行くわよ」と歩きかけると、追っかけるように短く何ども何ども鳴きながら森の奥に消えていった。

羊歯の葉の端正な形、野葡萄のしなやかな新芽の緑、六つ葉茜を少し掘った。絹糸のように細い根なのに、少し赤みのオレンジ色が染まった。植物は何てつつましいのだろう。こちらがみつけて、「あなたは何てきれいなの」というまでそっとかくれている。グースベリの実がたわわに実っている。葉も花も実も蔓も根もすべて紋様そのものだ。私が機織りでなかったらこれを紋様化するだろう。このグースベリなんて、ジャンセンのブローチだ。ガレもきっとこんな植物をみて陶器やガラスや調度品や家具の中に咲かせたのだろう。

ゲーテがこんなことを言っているのは、我々の生活と何の関係もないかというと全くそうではなく、人間を上まわる収支決算が大自然で行われているということにまず驚き、次に納得する思いである。

「自然は一定の予算案を有している」（ゲーテ）

「自然がある部分を贔屓できるのは別の部分を犠牲にする時に限られる。つまり自然は定められた分量を越えることはない」（動物の形態についての試論・草稿 LA119. a. 161）

「自然は有機体の属《ゲネス》に対して一定の予算案を有し、したがって多大の支出は（他の面で）節約によって代償せねばならないのですが、このような自然の予算はおそらく個体についても見られるにちがいありません。

人間に話を限定すれば、体制のある部分に多大の支出がなされると、どうやら他の部分にある種の弱点が生れてくるようです。人体の形成にさまざまの差異がみられるのは、自然のこのような怠慢、このような平衡感覚にもとづいているものと思われます」（ゲーテ対話録、一八〇六年）

「自然は一定の予算をもっていて、それによって目的にかなった支出をしてゆきますが、余りがでないほど収入と支出がぴったり合うことなどあり得ないのでそのため自然は余りを装飾にふりむけます。これは人間に到達するまでに自然が奏でる前奏曲のようなもので、人間になるために欠けているものがまだあまりに多い様々の生物や形態がこの前奏曲を形づくっているわけです。しかしどの動物の中にも自分よりすぐれた別のものになろうとする傾向がみてとれるでしょう。動物はいわば後に人間を形成するものを装飾としてまことに可愛らしく美しく並べ、その装飾とは均整のとれない器官の中につめこんでいます。たとえば角だとか、長い尾だとか、たてがみといったものです。こういったものはすべて人間においてはなくなってしまいます。

人間には装飾はなく、それ自身によって、それ自身の中に美しく完成されます。しかも人間とは、人間が有しているすべてのものであって、利用すること、利益を得ること、必要なこと、美しいこと、すべてが一つであり、一つに調和しているのです。人間には余分なものがありませんから人間は何を欠いたり、失ったりするわけにいきません。だから人間が失ったものは補うことができないのです」（前掲同書　形態学第三部）

これを読んだ時、自然が大変な苦労をして収支《やりくり》していることや、人間と動物の決定的な差異、あの敏捷な脚、華麗な羽、雄々しい角、鬣《たてがみ》、縞馬や豹の毛皮、小さなてんとう虫にいたるまですばらしいデザインがほどこされているというのに、人間は素裸、何一つ装飾はあたえられなかったということに実は深い理由《ことわり》があるということに気づかされる。

ゲーテは『ファウスト』など文学上でも誰も到達しがたい高嶺に達したが、色彩論においても、形態学においても、自然のさまざまな秘密をごく原初的に解きあかし、すべてに共通する深い考察を我々にのこしてくれている。その何分の一も認識することはできないが、ただ読んでいて、ハッとして突然どこかの扉をトントンとたたかれ目が覚める。するとその波動が音楽のように快く響き合い、あゝそうか、そうだったのかと深くうなずいてしまう。私などその程度の認識しかできないが、それがある時、思いがけず生きていて、とんでもないものと結びついたり、ふしぎな織物が生れたりする。人間の常識や予想を越える世界をはっきりと指し示してくれる予言者のような人だ。

人間が素裸で産れてくるのは、その上にどんな装飾をほどこし、しかも様々にとりかえることが出来るというかけがえのない自由をあたえられているということだ。才能、権力をほしいままにすることも、その反面、失敗、滅亡ということもあり得る。人間が有しているすべてのものが即ち人間である、それ自身美しく完成され、ひとたびどこかを失えば補うことはできない、と言う。

人間は清雅で、儚い故に美しい、という反面、貪欲で傲慢、残忍でみにくい。地球をも破壊しかねない。その両面が次第に接近しつつ、どこかでかろうじてバランスをとっていたが、もはや人間の智慧を越えたところで、自然の収支決算が破算しかねないところまで来ているのではないか。まだゲーテの時代は「自然は定められた分量を越えることはない」と言っているが、地球の温暖化にはどう答えるだろう。この時代に生きる我々は如何にこの黙示録的状況を認識できるだろうか。

久しぶりに黙示録を読む。

パトモス島のヨハネをとおして響く神の声は実に荘厳であり、怖れおののくほかはない。七つの封印がとかれると、地上の三分の一が燃え、すべての青草が焼けてしまう。海の三分の一は血に変り、海に住む生物の三分の一は死に絶える。大きな星が川の三分の一の水源に落ち、その星の名は「苦艾《にがよもぎ》」という。水の三分の一は苦くなって多くの人が死ぬ。一羽の大鷲があらわれ、「不幸だ、不幸だ、地に住む者たち」と大声で叫ぶ。天使によって、人間の三分の一は殺され、第二、第三の災いがすみやかにやってくる。

倒れた、大バビロンが倒れた。最後の七つの災い、大淫婦が裁かれる。その女とは、地上の王たちを支配しているあの大いなる都のことである。

ハレルヤ、小羊の婚宴がひらかれ、白馬の騎士があらわれる。千年の封印、サタンの敗北、最後の裁き、新しいエルサレム、そしてキリストの再臨、と一気に記せるようなものでは決してなく、この何億倍もの厖大な黙示録を人類は経なくてはならないのだ。でも誰も現実のこととして実感していない。

目の前に火が降り、焼き殺される、ということは目撃しても、自分にそれがふりかかるまで今この地上に襲ってきていることが実は黙示録そのものだとは思わない。この人間の怠慢、愚かしさは単なる人間の欠陥ではなく、そこまで通過しなければ新しいエルサレムはやってこないということだろうか。

大いなるものに支配され、その寸分狂わない収支決算が歯車のごとく我々の目前で廻りつつ、我々を飲み込んでゆく。それが自然の真実であるかも知れない。

宇宙のはじまり——香り高き霊学

あの頃、といっても二十年ほど前、毎月の講義が楽しみだった。まるで女学生のようにいそいそとノートをとる。よくわからない哲学用語などでてくると眠気がさして、夢のまにまにただよっているところもあったけれど、くりかえし語られるシュタイナーの宇宙進化論は私のような老学生にも一筋の光が射しこんでくるようだった。

「はじめにカオス（混沌）があります。そこへ意図があらわれます。意図があらわれ、動き出さなければ有意義な空間にならないのです。その空間が設定されると、そこにヒエラルキイが存在するようになるのです。それは芸術的意図といえます。」

黒板に円形がかかれ、高橋巌氏の宇宙の講義がはじまった時、私の胸はどんなに高鳴ったろう。

そこへ神々の流出があったと、香り高い神秘の世界のはじまりだった。それはあまりに壮大、悠遠であり、私のような哲学的教養もなく、論理性に欠けた者に語る資格はないことはわかっている。それ故シュタイナーのことは語るまいとずっと思っていた。その講義に遠ざかって十年ちかく、この年齢になっても、ただの一回もあの講義に失望したり、退屈したことはなく、あの最初の胸の高鳴りはずっと鳴り止まないでいる。しかもこの数年、ドストイエフスキイにのめりこみ、熱い思いが私をして書かずにはいられない衝動にかりたてるのは、実は、……実はシュタイナーによることが大きいのだと突然思い至った。

まさかそんなことと人は言うかもしれない。しかし私の中で、シュタイナーも、ドストイエフスキイも二本の柱となって立っている。私の心の柱になっている。それはきっと二人が人間を愛して止まず、自らを捧げるようにして生きぬいたからだと思う。こんな思いを抱いて、二人のことを尊敬し、生きる道標のように思っていた、自分でも思いもかけないことだし、私自身も唐突にこんなことを思いついたことにおどろいている。

もう一どシュタイナーの自伝を久しぶりに読む。晩年、渾身の力をこめて建設したゲーテアヌムを焼かれ、離反し、誹謗する人々の中で苦しみつつ、最後まで何千回と講演をつづけ、「愛するみなさん」と何万回となく呼びつづけ、ベッドによこたわりながらも苦しむ人々の話を聞いたことなど、時代にさきがけて霊学という新しい学問をうちたて、異端として世間から批難、妨害をうけ、心の安らぐことのなかった彼の生涯を胸に刻む。

どんな讃仰もいたわりも届かないくらい遥かな存在であり、何者をも寄せつけないほどの強靭な偉大な人であると思いこみ、たしかにその通りなのだが、ひたすら学ぶことしか考えなかったのに、今、年月を経て考えも少しずつ変ってきた私は、「私の考えを一つの手立てとして生きて下さい」と痛切に訴える言葉に何ども何ども深くうなずいて、はじめて出会い、気づいたような親近感で胸が迫った。年を経るにつれ身近につよく響いてくる。

あまりにも厖大で、得体のしれないほど神秘と叡智のぎっちりつまっている人智学を、その小指ほどが見えてきた時、漠然とした宇宙の法則の中にまず緑というポイントが浮び上って来たのはゲーテのおかげであるが、その先にシュタイナーがいて、重なり合い、私ははじめて理念という核に出会ったような気がする。それが宇宙のさまざまの謎を解く鍵のような気がするのだ。

シュタイナーの言葉によれば（自伝第五章）

「理念とは、生命に満ちた霊界の影であり、理念の背後には霊の生命が存在している。それ故、理念とは人間の魂における霊の顕現である。そして理念の本質とは、理念が人間の主観にあらわれるのではなく、丁度、色彩が感覚的客体に現われるように、理念は霊的客体にあらわれる。そして眼が生物の色を知覚するように、人間の魂が——これは主観である——理念を知覚することである」

というのである。「理念が生命に満ちた霊界の影である」という考えをはじめて聞くものにとってはまさに驚くべきことである。しかし、心を澄まし、見えない世界からの気配を身に受けとめるとき、我々の理性の扉を開くものがある。微かながら命の鼓動のように暗闇からあらわれて、力づよく我々の魂に響くものがある。それが理念というものである、と。

また「現実の中に理念を見出すことは人間の真の聖体拝領である」とも言っている。

それがゲーテの言葉によると次のようになるのである。

「理念と呼ばれるものは、つねに現象としてあらわれるものであるから、あらゆる現象の法則としてわれわれの前に登場するものである。最も高度の段階と、最も世俗的な段階において理念と現象は一致する。観察や経験の中段階においては、両者はどこでも分離している。最高の段階とは、種々雑多なものが実は同一のものであると直観することであり、最も世俗的な段階とは行為にほかならず、分離しているものを積極的に結合して、同一化することである」(方法論、箴言と省察)

ゲーテは、理念は常に現象の中にあらわれる、という。しかも理念と現象が一致する段階とは、最も高度な段階と最も世俗的な段階においてあらわれる、と――人間が真剣に生き、人を愛し、傷つけても、その時自分の精一杯の真実であると思った時、何か強く心に打ちこまれるものがある、どんなに落ちこんでも心の奥底にこれだという揺るがないものがある、それをこそ生きる理念といっているのではないか。本当に傷つき、絶望に落ち入った時、どこからか手をさしのべてくれるもの、それは甘い言葉ではなく理念という一本の杖ではないだろうか。

シュタイナーはこうしたゲーテの思想の中から大きな恩恵をうけ、終生変ることなくこの道を歩んでいったのだと思う。しかし、ゲーテが筆をおき、頭を垂れて祈ったところから、シュタイナーは全く孤独の苦難多い旅に出たのではないだろうか。

このことについてはいずれ筆をあらためて書きたいと思うが、私にその力があるか、到底なし得ないことかもしれないと思っている。

あとがき

ものかきでもない私が、机の前に坐って書きはじめると、織物への思いが湧いてきてとどめかね、織場と部屋をゆきつもどりつ、思わぬ歳月が流れた。誰にせかれているわけでもないのに、もうそんなに時間の余裕はないと思いつつ、あまりに厖大な世界を垣間みてしまったため、言葉を失い、筆をすすめることが出来なかった。大象の脚のつま先の前につっ立っている小児のように、何かとんでもない思いちがいをしているのではないかという思いにかられ、もう駄目だと何どか筆を擱いた。

思えばここ十年余り、ずっと思いつづけ、考えつづけてきたことを、書きたい、書けないのくりかえしだった。それがいつの頃からか、ためらってはいられない、書けるところまで書いてみよう、何もかも中途半端な私だが、それでもいいから書いてみよ、今さら人間は変えられない、こんな人間でもいい、書いてみよ、と誰かに背中をどんと押された気がした。ふしぎなことに筆に少し力が加わったかのように、もう余計なことは考えず、信仰のかけらもない人間が筆からすべり出す言葉に、イエスを思うソーニャの言葉が重なって、一体になってゆくのを感じた。

私の中に何か冴えた音がして、はっと目覚めるようだった。

十七歳で出会った赤い本のドストイエフスキイから長いつき合いだった。

生きて、織って、老いてここまで来た。

今もずっと思いつづけている。こんな年して、もっともっと読みたいと思っている。

このたび、何どか逡巡している私をはげまして下さいました人文書院の谷誠二さんと、編集部の小林ひろ子さんに深く御礼申し上げます。

著者

著者略歴

志村ふくみ（しむら・ふくみ）

1924年滋賀県生まれ。1955年滋賀県近江八幡に住み，染織の研究をはじめる。1964年京都嵯峨に移り住む。1990年重要無形文化財保持者に認定。1993年文化功労者に選ばれる。

著書　『一色一生』（求龍堂，1983年）『語りかける花』（人文書院，1992年）『母なる色』（求龍堂，1999年）『ちょう，はたり』（筑摩書房，2003年）『白夜に紡ぐ』（人文書院，2009年）『晩禱 リルケを読む』（人文書院，2012年）『薔薇のことぶれ』（人文書院，2012年）ほか。

JIMBUN　SHOIN　Printed in Japan

ISBN978-4-409-15019-1　C0095

白夜《びゃくや》に紡《つむ》ぐ

二〇〇九年二月一〇日　初版第一刷発行
二〇一二年一二月二五日　初版第三刷発行

著　者　志村ふくみ
発行者　渡辺博史
発行所　人文書院
京都市伏見区竹田西内畑町九
電話〇七五（六〇三）一三四四　振替〇一〇〇〇-八-一一〇三
印刷・製本　創栄図書印刷株式会社

落丁・乱丁本は小社送料負担にてお取り替えいたします

志村ふくみ／白畑よし著

心葉

二九七〇円

優雅と静寂と彼岸への願い。移りゆく四季や恋慕を繊細に表現する歌ごころ、無常観と女人救済を法華経に託し、源氏物語から絵巻物、平家納経にいたる平安の美の極致を語る。

価格（税込）は2022年現在